说到底，是因为一些人，因为他们的包容和温暖，
让我愿意成为他们中的一个。

出小镇记

路明

译林出版社

目录

序 少年奔跑之际

潘向黎

几年前，读到路明的一些文章，觉得这位我不认识的作家身手了得，他写的内容、他的表达，在令我耳目一新的同时，又有一种与时代格格不入的天真和柔软；里面的很多话，读着读着，似乎都变成了我的心里话，但是，我明确地知道，我不是生于八十年代，我也不是一个男性，我更不曾从一个江南小镇回到上海，从市西中学一路开挂，以学霸模式考上交通大学物理系，一口气本、硕、博连读……所以，这些文章是一个与我非常遥远的人写的。

以一种既惊奇又恍惚的心情读着路明的文章，渐渐翻腾起一阵说不出口的气恼：你一个理科生，正业之外，随手写写文章，就写成这样，让我们这些纯文科生情何以堪？后来，我的不少文学博士同门也在说：自从知道了路明是物理专业的，真生气！都不想再读他的文章了！可是看到你转，就想，这么好的文章，不读，反倒是自己的损失，还是读吧！我边笑边想：路明这种人，用上海闲话讲，就叫作“不作兴”。

今年上海书展的时候，我曾当着毕飞宇和庞余亮两位作家的面，问毕飞宇为什么对庞余亮特别好，为他连连出场做对谈嘉宾？毕飞宇说：这个，没办法，庞余亮是我中学同学，对我的根根底底知道得一清二楚。毕飞宇以一种凝重的表情将玩笑进行到底——“对这种人，只有两个办法，你要么像你们上海滩的黑老大说的——做掉他，要么死命对他好。我选了第二种”。

同理，对待路明这样“不作兴”的人，也只有两个办法：要么不看他的文章，更不理会这个人，假装他不存在；要么不但看他的文章，还彻底放下羡慕嫉妒恨，和他做朋友。我也选了第二种。

传说中的路明，物理博士，大学教师，健身教练，帅气绅士，网络男神，是一众少女的偶像。以至于他的文章一写到他的太太和他的孩子，微信留言必定有人惊叫：什么？路明老师已经结婚了？孩子都有了？后面是一连串的哭脸或者心碎表情。对心思比较文艺的女孩子来说，在生活中遇到一个像路明这样高智商的男生，让他肌肉发达的胳膊为自己撑一把大伞，在上海市中心的法国梧桐树下漫步一段，甚至一直走进一对璧人的婚姻里，是十分可以理解的想象。但是，这种想象在现实中发生的概率，低到足以忽略不计。因为许多高智商的男人，都一点不文艺，工于算计，冷酷到底；而许多自以为很文艺的男人，或者像纤细脆弱的豆芽，或者早早就油腻不堪。有人向我打听路明的太太是否特别温柔贤淑，我说这个外人怎么会知道？有人问路明的太太美吗？这个我知道，当然美。

在让许多女孩子暗自伤心的同时，路明不动声色地结交了一批男人的知己。其实喜欢路明的男人更多，上海爷叔，时尚白领，大学青椒，青葱学子。对他们来说，路明是知情识趣的邻家男孩，是动荡旅程的同行者，是忙碌日常的知心人，是追梦生涯的领先者，也是重重重压下不屈服、不庸俗的精神标杆。上海爷叔爱路明，是爱年轻的、血气犹盛的自己；年轻人爱路明，是爱一个更精彩、更有力量的自己。

为了这些知己，路明在外地偶尔会做一些小型见面会，都是在他旅行的同时，顺便就在某个雪山下的小客栈，或者黄沙古道边的民宿，和十来个人，一起谈谈写作和文字的事。那些分享会预告的海报上，路明总是穿一件雪白的衬衫，戴着斯文的眼镜，洁净，文艺，高冷，有点像日本电影的画面。

生活中的路明，却是一点都不文艺也不高冷的样子。经常是一身运动装束，步子很大，因为个子太高，走路带着一点摇晃。看见南京路的林荫道下，路明笑嘻嘻地走过来，会觉得这还是一个没心没肺的少年，混在高校研究生里面，绝对不会被辨认出来。

我对男人总是记不住年龄，每次要想一想才知道路明也已经是三十多了。他的这本书里，有一篇《少年下落不明》，在路明的人生里，少年的下落就是超大城市的十丈红尘以及现世安好的家庭生活。路明只要说到他太太，那个静安区的原节子（她长得有几分像日本电影明星原节子），就会控制不住地流露出骄傲和柔情；如果带儿子星野出门，那么儿子常常像他的围巾一样，围在他脖子上，当然这条围巾是豪华版的，肉乎乎、沉甸甸的。前些时候，路明说他的腰出了点问题，我马上不无幸灾乐祸地说：被星野少爷累出来的吧？

总之他就是这样给人现世安稳、别无所求的感觉。

但是，只要我一读路明的作品，这些现实的画面就会淡出，一个男孩子的身影在破败的小镇背景下、江南迷蒙的烟水气中向我走来。我本来并不想告诉路明，在读他的《出小镇记》时，我流了三次眼泪；所以其实我不想谈论这本书。况且我的年龄、时代背景、心理状态和路明相去很远，我又不是一个土生土长的上海人，所以我始终认为自己不是介绍这本书的合适人选。

但是书中那个孩子很倔强，我往东走，他挡在东边；我往西看，他堵在西边；我走路，他蹲在路边；我过桥，他站在桥上。终于，我对那个孩子说：好吧，好吧，我们来谈谈吧。

一个回不了城的上海女知青，从安徽嫁到了昆山的菉溪镇，从此在这个小镇上的医院上班，这对大时代中显得渺小的年轻人就这样在小镇上安了家，并且生下了我们眼前这本书的主人公。不知道路明是否意识到，如果没有那个时代的颠簸，如果他的母亲顺利考上复旦大学中文系，大概率就不会嫁到昆山去当一个中学老师的妻子，那么这个世界上就没有他这样一个人了。这样说来，时代带给个体乖谬命运和苦涩经历的同时，有时候也会附赠一些珍贵的礼物，比如生命。

但是这些上海知青的后代，简直像大指南针生出来的小指南针，他们的心脏，不分日夜，指向正南。上海就是那个正南。

路明说，对于小镇上的知青子女，他们“回”上海或者“去”上海的路只有一条：走到小镇北边的汽车站，等待过路开往安亭的班车，四十分钟一班，很挤，车厢里弥漫着一股酸臭。到了安亭，再换一部叫作“北安线”的公交，沿着曹安路开，一路上，黄渡、封浜、江桥、真如……这些地名一闪而过，窗外骑自行车的人越来越多，当看到曹杨新村密密麻麻的新公房，对路明来说，上海到了。

这些人形指南针，在小镇上，他们是上海人；到了上海，他们是小镇人；总之，到哪里都是外地人。而小指南针们，渐渐地，却在两边都生出了情感的根。

路明在小镇长大，童年多病，却总是被父母严厉逼迫着刻苦读书，考回上海。他真的做到了，奇迹般的，市西中学的高中，交大的本科、硕士、博士。也许，这就是衣锦还乡了吧。还有一点很重要，他作为一个人，很对得起自己受过的苦，他拥有超越年龄的成熟，大方得体，低调沉稳，善解人意，谈吐有致。他应该也是按照一个有腔调的男人标准来要求自己的：照顾老幼，女士优先，心怀天下，做人有操守，对朋友讲义气。在实用至上的年月，这些都是让自己吃亏的事情。但是我总觉得，让他身姿挺拔的，不是健身房里的挥汗如雨，而是这种“大丈夫当如是”的精气神。

正如路明当年说不清是“回上海”还是“去上海”，其实路明也不太能确定自己的故乡究竟是哪里。但是因为拥有两个家乡，他的怀乡情绪便在小镇和上海之间穿梭往复，像回力球来回跳跃，拥有了奇异的空间感。加上他站在成年后的今天回望童年和少年的往昔，站在“过去的未来”看成为过去的那个曾经的“现在”，时间上也是在两个点上穿梭往复，这两种奇特的交织带来的层层叠叠的况味，就丰富而厚实了。

里尔克写过这样的诗句：“苦难没有认清，爱也没有学会。”从此我知道，认清苦难与学会爱，是一辈子的功课。而路明的这些文字，让那些无法公开的心事、那些忍住了的哭泣，在白纸黑字间纤缕毕现，而且不是封存在琥珀中的冰凉的纤缕毕现，而是温热的、毛茸茸的、带着心跳和呼吸的，就连眼泪，都是滚烫的、透亮的，折射着夜半时分的一点星光。能把这一切表达得如此灵动鲜活而肌理细密，这个作家应该算是对得起他受过的苦，也对得起他经历过的爱了。

话说——用我们的行业黑话说，路明确实是属于“祖师爷赏饭吃”的那种人。文学界都知道一个公开的秘密，作家，其实一大半是天生的，就是你必须先有天赋。诸如，那种对细节的捕捉速度，对感情的理解力，对美的感知能力，对别人心理的洞察，对整个世界的观察力……以及，最重要的，记忆力。最最重要的，那种与生俱来，敏感而柔软的心肠。路明作为一个作家的天赋，与他对写作的完全达标的严肃，正好是匹配的。于是，他获得了一种能力，他飞了起来，有时候飞回小镇，有时候飞到新疆、西藏、柬埔寨，有时候，他就在上海的石库门建筑群上空飞翔，时而落在某一幢石库门的屋顶上，静静地听听老虎天窗内的对话。一排排老虎天窗下，有那么多悲欢离合牵动着他。

但是，我猜，路明的最高理想并不是当一个作家。如果可能，路明大概更想成为一个独行侠，夜深人静，换上一身比夜还黑的夜行服，悄无声息地出门，手上是一柄例无虚发的柳叶飞刀。他将穿行在大街小巷，行侠仗义，教训恶人，帮助弱者……

路明听到这里，马上让现实照进了理想，来了这样一个尾巴：摆平了一切，回到家里，是一个美好的早晨，我会热好牛奶，烤好面包，叫醒星野和他妈妈……

独行侠形象碎了一地，碎片中，一个上海男人站在那里。但是这款上海男人，气质温润，足以秒杀无数自诩为糙老爷们的直男癌。因为自信，因为知道自己要什么，他不需要时时秀肌肉，即使挈妇将雏，他也从容自若。

大路朝天，一边是男儿热血，独行侠，远游客，一边是家庭，感情，责任，不负如来不负卿，谈何容易。除非——当作家。所以，路明成为作家，除了不辜负上苍的好意，也是在理想与现实冲突中找到的一条出路，可能是唯一的。

于是，路明就成了作家。他的其他身份，如果不是刻意强调，基本上很少有人会想起。

作家路明对上海的感情，其实可能比我这个久居上海的外地人还要复杂。当然，我一直奉行一个原则，如果要讲上海的坏话，留给上海人自己讲。就像武侠书里写的，一个侠女，天涯海角追杀负心人，谁敢多一句嘴？如果哪个好汉替她杀了那个人，那才叫作死呢。类比太火爆？那就说一个婉约的：风吹皱一池春水，干卿底事？黄浦江上风从不停止，一江春水天天是皱的，也不干我这个外地人的事，必须让路明他们自己去纠结，让他们自己去说。

在路明的第一本书《名字和名字刻在一起》里，有一句话我过目不忘，是写上海人痴迷于“格算”（合算）的——“人生是一场倾盆大雨，命运是一把千疮百孔的伞，格算是补丁。”都说比喻是天才的表现，路明再次证明了这一点。深深哀其不易，绝不怒其不争，含泪的微笑，戏谑而体谅，多么一剑封喉，多么深情款款。

但是，就在他终于成为一个上海人之后，他的怀乡病再次发作。他开始对他的小镇念念不忘了。

他常常想起小镇上那座清代的桥，因为思念深切而无从寄托，说出来就有如夜半的自言自语：“当我想起桥的时候，后来的时间就消失了。像做梦一样，如果你在梦里是个小学生，就不会记得小学以后的事情。所谓人生若梦，大概是说，一切都已经发生过，只是我们想不起结局。”有什么击中了我，我流下了眼泪，要命的是，我都不知道让我流泪的是什么。

他在江边看船，那些随处停泊的船，那些生活在船上的人们，“满足了一个南方孩子对游牧生活的想象”。“很多个夜晚，我都想推开门跑出去，跑到河边，随意跳上一条船，听一夜的水声。第二天清早，醒在一个陌生的地方。”童年心事，其实是最初的人生梦想，毫无功利色彩，多么轻盈而美妙。

他也反复咏叹火车和铁轨。对男孩子来说，火车和铁轨，就是诗和远方了吧。

但是身边的日常里，有着那么多忘不掉的脸：阿花，黄潇潇，饭团子，咸菜瓶，车小匪，阿瓜，老木头，小顺，小德，霉干菜，张毛豆，王芋艿，老混蛋……还有，从路明的生活里消失了的，小叔，X。

还有那么多忘不掉的事情，在小镇和上海之间往返，上海人和小镇人相处，老师管教学生，父母打孩子，从桥上往下跳，洗澡，偷废铁去打游戏机，和同学打架，父母离世或者父母离婚带来的童年伤痛，天真懵懂、胆大妄为的各种尝试。

于是，才有了这一幕——

两个少年坐在天空下。太阳像一只金色的荷包蛋，盛在青色的盘子里。

这一幕——

我和小德打光了身上的游戏币，走到街上。秋老虎发威，阳光扇在脸上，像经久不息的耳光。

还有这一幕——

黄潇潇看着饭团子的眼睛，说，那么，再会了。

饭团子说，好的，再会。他笑一笑，转身走向街角，像一条船消失在河流中。

很多船这样消失在河流之中，比如，许多读者都惦记和询问的路明的小叔，在现实的人生里，真的就那么离家出走，再也没有回来。路明的奶奶思念儿子，给路明看照片，是年幼的路明和小叔的合影，“大概是被抚摸过太多次，照片有点漫漶不清，像隔着无声的风雪”。

那无声的风雪，究竟是时间，还是命运？我不知道答案，我的眼泪也不知道。

哪里是仅仅写小镇？最初的友情，最初的默契，最初的暗恋，最初的仗义，最初的选择，最初的分离，最初的诀别……命运的开端和结局，在这里徐徐展现，你能看到每一个人眉心的波动，掌心的潮湿，喉头的蠕动，暴富的忐忑，少年的羞怯的笑容，看到夜里躺着哭泣时、从一个眼睛流进另一个眼睛的泪水。

对人生的艰难和伤痛，对人世的温情和侠义，路明保持了同等的敏感。他独自回想这些的时候，一定不止一次眼含热泪，也不止一次独自微笑，但是，那些往昔，那些往昔里的人和事情，路明想为他们大哭，想为他们大笑，想为他们仰天长啸、绕梁三日，所以他，写了出来，一个字一个字。

按照我们行业的老套，写到这里，我应该写：路明的小镇，不仅仅是那个在上海边上的小镇，而是全天下所有离开故乡的人的小镇，然后这篇文章就可以结尾了。

但是我偏偏不愿意。

在路明的笔下，同学“车小匪”初二转学后，为了暗恋的班花，就拉上全班人做幌子，给班上每个同学写了信，温柔而腼腆的少年，每次都写五十四封信，其实只为了对一个人说：你好吗？不要忘了我。五十四封信，其实只为了一个人的回信。

说不定，《出小镇记》就是路明公开的情书，我们每一个读到它的人，很可能都是那些幌子，只有一个人是其中那个唯一。那个人，应该在当年的小镇上，在夏驾河的桥上，在路边的“荷花”丛中。又或者，那个人，只在路明梦境深处。

自序

小学五年级时，我参加了一次作文竞赛。每个班级抽四五个人，集中坐在一间教室里，题目是“我爱_________”。

我写的是，我爱家乡的水蜜桃。我是照着作文书上一篇《我爱家乡的杨梅》写的，用现在的话，叫洗稿。

晚饭时，我爸听说了竞赛的事，他问我，你写的啥？

我一五一十地说了。

我爸点头说，别的还可以，就是结尾不够有力。你得把对水蜜桃的爱，升华到对家乡和祖国的热爱上来。

他用筷子敲敲桌面，快点吃，吃完了跟我走。

我坐在后座上，我爸骑车带我，穿过老街漫长的青石板路，又翻过一座石拱桥，到了小学校长家。

忘了介绍，我爸是小镇中学的语文老师，跟校长是老相识。

两人各自吃掉一根香烟，校长扔了烟屁股，进里屋去了。出来的时候，手里捏着两张稿纸，一张是我的，一张空白的。

我爸对我讲，去，把你的作文誊一遍，结尾照我说的改。还有，字写得好看一点。

校长憨厚地笑了，说老路，幸亏你动作快，稿子明天一早就要送出去了。

我坐在房间里誊作文，他们俩站在外面吃香烟。天一点一点地黑了。

临走的时候，校长摸摸我的头，说这小子还可以，就是有点闷皮，上课看连环画。

我的作文拿了全国二等奖。这是我迄今在写作上拿到的最高荣誉。

我想，因为我的耍赖行为，一定有一个小朋友，从二等奖落到了三等奖，又有一个小朋友，从三等奖落到了安慰奖。

可是我还是很开心。

我至今感谢那位早已退休的小学校长，是他一个不合规范的举动，给了我无上的虚荣和快乐，同时，在我心底埋下一颗种子，关于某个不切实际的梦想。

当有人问起，你是怎么开始写作的，我说阅读啊，旅行啊，对文字的热爱啊。我会刻意隐瞒掉这个不太光彩的开头。我爸说了，要升华。

可它就在那里。像一张黏在脚底的糖纸，跟随我走了一路。

一直以来，我欠小镇一个诚实的书写。今天，这笔账算是还上了。

当年的评委一定没来实地考察过——我的家乡不产水蜜桃。

桥上少年胆

小镇的布局，像一头猛犸象的化石。以老街为脊椎，两侧的肋骨是深深浅浅的巷子，四肢是四家大工厂：国二厂、造船厂、纺织厂、粮机厂。道路向北延伸，隐没于田野中，像一条意犹未尽的尾巴。两条长长的象牙，一条指向小学，一条指向中学。

化石之外，是无穷无尽的稻田。我总是记不得那些村庄的名字，孔巷、邵村、薛家、南圩、车塘、香花桥、和尚浜……在我看来都是一样的，无非是稻浪中有几间房子聚拢在一起，形成小小的岛。

邻居小哥哥带我去探险，两人在稻田里迷了路。一不小心，我的一只鞋陷在泥里。小哥哥无奈，只好背着我走。

太阳西沉，四野苍茫，我肚子饿了，但并不害怕，风里有粮食的味道，稻田的气息让人安心。远处，几缕炊烟升起。田埂上出现了几个小黑点，大声呼喊我的名字，是发急的爸妈一路寻来。

那年我六岁。

如今我站在车流滚滚的路边，试图辨认当年探险的路线，哪里崴了脚，哪里掉了鞋，哪里踩到一条死蛇，哪里捉到一只硕大的蚂蚱。记忆没了参照物，像掌中的麻雀找不到着力点，扑腾着翅膀，飞不起来。

只有那条小河还在。

小河名叫夏驾河，河上有一座通济桥，建于康熙三十一年（一六九二年），桥洞是完美的半圆形。我出生的那天，奶奶从桥顶扔下一个皮球，这是小镇的习俗，球有多大，男孩儿的胆就有多大。儿时的我顽劣不羁，四处撒野闯祸——不知奶奶有没有后悔过，早知如此，丢个乒乓球就够了。

桥头曾有一座小小的庙，元大德六年（一三〇二年）始建，明天顺四年（一四六〇年）重修，歇山式屋顶，飞檐斗拱，内供泥塑龙王爷，乡下人唤作龙王庙。奶奶说，她见过庙里的龙王打呵欠。夏驾河流经龙王庙，汇入吴淞江。吴淞江蜿蜒东去，流入上海后，换了个更响亮的名字——苏州河。

奶奶扔下的皮球，几时能到外白渡桥？

在我读初中时，桥拆了。

拆桥是为了走船——桥洞太低，大船开不过去，走船是为了运水泥和黄沙，运水泥和黄沙是为了修路，修路是为了致富。那时人们憋足了劲要致富，谁阻碍了致富，谁就是罪人。

拆桥花了整整一个月。潜水员分批沉入水底，拔掉打入淤泥的木桩，然后安放炸药。东边两百米处，新建了一座水泥大桥。

我生了一场大病，病好了，捣蛋劲也没了。原本胡天野地的熊孩子，渐渐长成拘谨内向的少年，像昆曲里不中用的书生。大人很欣慰，夸我懂事了。只有奶奶忧心忡忡，她说，这孩子的胆丢了。

我站在河边，河水黏稠，漂浮着垃圾和水草。没有船。路修好了，也就不需要船了。

那座桥，清代的桥，满月的桥，永远地消失了。

我向河岸望去，过去生长稻米和油菜的田野，如今长出了连绵的高楼。如果对比二十年前后的照片，你会发现，对岸升起了一个钢筋水泥的星球。

这里是小镇的拆迁房集中地，失去土地的农民陆续搬到这里。前年大涨一波后，此地房价破万。开发商欢天喜地盖楼，农民欢天喜地拆迁——种地能赚几个钱?

不仅农田在消失，农民也在消失。农家子弟或是读书，或是打工，以各种方式离开了土地。几代农民的梦想，是当个街上人。

对土地来说，一代人死去，像收割一茬庄稼一样自然。人类的改朝换代，自命天翻地覆，在土地面前不值一提。土地只记得两件事：几万年前，这里长出野草；几千年前，这里长出庄稼。这是江南最好的水田，生长《红楼梦》里的“绿畦香稻粳米”。今天，这里生长 GDP。

我常常想起那座桥。当我想起桥的时候，后来的时间就消失了。像做梦一样，如果你在梦里是个小学生，就不会记得小学以后的事情。所谓人生若梦，大概是说，一切都已经发生过，只是我们想不起结局。

后来我知道，在我二十岁生日那天，奶奶去了夏驾河边。

龙王庙毁于四十年前。奶奶对着庙的位置，点起两支半斤重的香烛，献上猪头和米糕。奶奶虔诚地跪倒，祈求龙王爷开恩，找回她孙子的胆子。

江南童谣

阿枣不肯午睡。外婆坐在床边，一边给阿枣打扇子，一边轻声唱：

一箩麦，两箩麦，三箩开花拍大麦。噼噼啪，噼噼啪。

阿枣动了一下。外婆看看她，又唱：

猫咪猫咪，明朝初二。
买条鳑鲏，挂在床里。
鳑鲏跳一跳，猫咪笑一笑。

阿枣翻了个身，问，猫咪为什么要笑一笑？

外婆说，猫咪看到鳑鲏鱼，知道自己有的吃了，心里开心，自然要笑。外婆拍拍阿枣的屁股，你烦死了，快睡觉。

我要听扇子歌。

扇子扇凉风，扇夏不扇冬。
有人问我借，要过八月中……

阿枣睡着了。

那是一九八六年的夏天，阿枣四岁。妈妈要回镇上。她对阿枣说，阿枣，去外婆房间里玩一会儿。阿枣玩够了，四处找妈妈，妈妈只剩下一个模糊的背影。阿枣追出门，摔倒在地上，哭着爬起来，又摔倒。外婆抱起阿枣，在她耳边唱：

阿枣宝，侬要啥人抱？我要姆妈抱，姆妈纺花做袄袄。

阿枣宝，侬要啥人抱？我要阿爹抱，阿爹出门买糕糕。

阿枣宝，呒人抱，还是自家走走好。

阿枣在前面跑，外婆端着饭碗一路追。阿枣嚷嚷，不吃不吃，我不爱吃蒸鸡蛋。外婆说，阿太（小祖宗），这也不吃，那也不吃，以后阿枣长不高。阿枣说，长不高就长不高。

外婆又跑了几步，蹲下去说，阿枣，等等外婆，外婆跑不动了。

外婆养蚕，阿枣帮忙喂桑叶。初生的蚕宝宝只有火柴头那么大，黑乎乎的，在阿枣手上扭来扭去。蚕宝宝个头小，胃口一点都不小，嫩嫩的桑叶铺满竹匾，不一会儿就被咬得千疮百孔。外婆说，新蚕很娇气，只吃芽尖的第二片叶子。以后，新蚕长大了，可以吃第三片，第四片……等吃到最后一片叶子，就可以吐丝了。

阿枣早上醒来时，外婆已经采完桑叶回家了。桑叶只能在早晨或黄昏时采，白天叶子晒干了，蚕宝宝吃不得。

蚕宝宝吃饱了就睡觉，头眠，二眠，三眠，每睡完一觉就胖一圈。三眠之后就是老蚕。老蚕肥嘟嘟的，吃起桑叶来，沙沙沙，像下雨一样。这是养蚕人最辛苦的时候。外婆每天夜里要起来好几次，添桑叶，清蚕沙。

快到端午了，老蚕不再进食，身体变得透明。外婆说，阿枣你看，蚕宝宝肚子鼓鼓的，都是要吐的丝。

卖茧子那天，外婆和舅舅天不亮就起床。舅舅摇着小船，去镇上的茧站。中午，外婆回来了，笑眯眯的。阿枣扑过去，在外婆的布口袋里乱掏。掏出一盒彩色蜡笔，一个好看的本子，还有一件花衣裳。

梅雨天到了，外婆在灶前烧饭，柴禾带着潮气，烟囱口冒不出青烟，只是一片白茫茫。阿枣坐在门里，望着廊下的泥地，水花溅起，远处的稻田被雨水冲刷得一片幽绿。仿佛连日脚都变慢了。

外婆病倒了。阿枣跑去外婆床边。外婆摸着阿枣的头说，外婆死了，阿枣就看不到外婆了。

阿枣睁大眼睛，什么是死呀？

外婆笑了，人死了，就像蚕宝宝吐完了丝，躲在茧子里面。

蚕宝宝在茧子里面干吗呀？

蚕宝宝咬啊咬，等咬开了一个口，蚕宝宝就飞走了。人也会飞走的。

外婆不要飞走。

乖囡。外婆会在天上看阿枣。

阿枣每天早上跑去看外婆。外婆闭目休息，阿枣拉拉外婆的手，外婆外婆，你死了没有呀？

外婆摇摇头，还没有呢。满脸的褶子堆出一个笑脸，外婆舍不得阿枣呀。

外婆一天天瘦下去。到后来，外婆说不出话，只是笑眯眯地看着阿枣。八月天，外婆身上盖着被子，像一条老蚕。

那天家里来了好多人，闹哄哄的，有人一进门就放声大哭。阿枣想找外婆，怎么都挤不进去，急得团团转。这时，阿枣被一双手抱起来，回头一看，妈妈满脸的泪水。

阿枣，妈妈没有妈妈了。

外婆埋在村后的桑树林里。阿枣每天早上醒来，自己穿好衣服，梳好辫子，噔噔噔跑到桑树林，看外婆有没有飞走。

阿枣绕着坟转了两圈，地上没有洞，天上没有翅膀。外婆还在，阿枣放心了。

村里人说，阿枣这孩子懂事，重情义。外婆没白疼她。

一个礼拜过去了。两个礼拜过去了。阿枣天天来。

外婆，你怎么还没有飞走呀？我知道你舍不得我，我也……我也舍不得你呀。

阿枣的眼泪掉下来。

妈妈要带阿枣去镇上。阿枣跑去桑树林，外婆，我要走啦，这下你可以放心地飞啦。阿枣跪在外婆坟前，咚咚咚磕了三个头。你在天上能看见阿枣吗？阿枣戴两个蝴蝶结。

阿枣在家里睡午觉。她朝右侧卧，右手轻拍着自己的左胁，唱道：

扇子扇凉风，扇夏不扇冬。有人问我借，要过八月中。
扇子扇凉风，时时在手中。谁要来借扇，请问主人公。
扇子扇凉风，打马过桥东。要问我是谁，扇子老公公。

阿枣唱不下去了。外婆说，一共有十二把扇子。可惜每次唱到第三把扇子的时候，阿枣就睡着了。

外婆你看见了吗？阿枣很乖……阿枣好好吃饭，好好睡觉……阿枣好想你。

阿枣有了新发现。原来侧卧的时候，左眼流出的泪，会流到右眼里的。

咸菜瓶

我小学三年级的时候，我妈生病了，先是躺在镇卫生院的病房挂盐水，后来转院去了上海。上海的医生说，发现得早，没什么大问题，但要开刀。

我懵懵懂懂，并不觉得担心或是忧伤。我妈不管我了，这是一件好事情。以前我妈给我做早餐，她去上海后，我爸每天早上给我一块钱，让我自己去买早点。九十年代初的一块钱可以买很多东西——肉包子三毛钱一个，菜包子和烧麦两毛钱一个，豆浆一毛五分一碗，小笼包八毛一笼，要是加一点，一块五毛钱，就可以买一碗加雪菜的咖喱牛肉面，牛肉切得很薄，铺满整个碗口，只有十字路口的“北方饺子馆”卖这种上海风味的面。听说镇政府有个大领导，从来不在家里吃咸菜泡饭，每天早上司机开车送他来这里。领导吃一碗咖喱牛肉面，司机要一碗雪菜肉丝面。他俩吃面的时候，那辆红色的桑塔纳就停在门外边。

剩下两顿饭去爷爷家吃。放学后，我不用写作业了，牵了爷爷家的土狗到处瞎转。有个邻居是自来水厂的职工，每次看见我都会说，啊哟，今朝又过来骗饭吃。我咯咯乱笑，觉得“骗”这个字用得很高级。晚饭后，我爸来接我回家，我坐在他自行车后面，上桥时跳下来一路小跑，到了桥顶再跳上车。我爸是高中部老师，他上夜自修的时候，我就自己回家，脖子上挂着钥匙，一路晃荡晃荡。回到家，溜到爸妈房间偷看一会儿电视。至少要在我爸回来前十分钟关电视，不然，我爸一摸，电视机壳是热的，那么我就要挨打了。

周末，我爸去上海陪我妈，我彻底自由了。爬树打鸟，下河摸虾，跟一帮野孩子玩打仗，折根竹子当青龙偃月刀。我爸给的早点钱通常能省下一半，到街机厅买三毛钱一个的铜板，打完了站着看别人打。直到我爷爷找到街机厅，揪着我的耳朵回去吃饭。我想起在一本书上看到过“广阔天地，大有作为”几个字，心想，原来是这个意思。

一天中午，我吃了饭早早到学校。教室里没几个人，我百无聊赖。咸菜瓶问我，怎么来这么早？

咸菜瓶大名严彩萍，吴语“咸”“严”发音不分，到后来，连老师都叫她咸菜瓶。咸菜瓶拖两根鼻涕，坐在最后一排，长得比我还高一头，成绩长期在倒数几名。我平时不怎么跟她说话，有个老街的纨绔子弟教育过我：我们“街上囡”就跟“街上囡”玩，不要跟“乡下囡”玩。

我懒洋洋地回答，我妈去上海了，家里没人呀。

你妈干吗去上海？

她生病了……

你妈死了。

我清清楚楚地听见她说出这几个字，我明明白白地看见她的嘴巴一张一合。咸菜瓶歪着头，挑衅地看着我。

我脑子里“嗡”的一声，血涌上来。我走到咸菜瓶面前，朝她脸上用力一拳。

咸菜瓶低头擦了一把鼻子，手上沾了鼻血。她的脸上闪过疼痛、愤怒和不可思议的表情——这个弱不禁风的街上囡，居然敢先动手。

拳头雨点般地落在我身上。我也发了狂，扑过去拳打脚踢。

几个同学跑过来，连拉带拽分开了我们。

猪猡，我骂道。

你才猪猡，她对我怒目而视。

我抓起她的铅笔盒，扔到楼下。

她冲过来想抢我的书包，我死死地拽着书包带。课桌掀翻了，两个人滚到地上。在场的同学惊呆了，在此之前，没见我打过架。

办公室里，班主任坐在一杯茶的后面。有目击者汇报，是我先打的人，这一点毫无疑问。

班主任问，为什么打人？

她骂我。

骂你什么？

我低下头，不说话。

说呀，班主任不耐烦了，他用圆珠笔敲敲桌子，赶紧说。

她骂我妈。

骂你妈什么？

我死死地咬住嘴唇，一言不发。

哪怕是小孩子，也会有这种说不清的忌讳吧。我不愿重复那几个字，仿佛那是一句可怕的符咒，说出来就会变成真实。

班主任显然对我的倔头倔脑很不满意，骂你你就骂回去啊，干吗动手打人，还把人家打出血了……罚你做一个礼拜的值日，从今天开始。他不耐烦地挥挥手，出去吧，都出去。

放学后，同学们都回家了，留下我一个人翻凳子、扫地、倒垃圾。咸菜瓶不知什么时候出现了，她一把抢过我的扫帚，要扫地。

我抢回来，她又要来抢。我擦擦眼睛，对她说，滚。

她愣了一下。我又说了一遍，滚。她的脸涨得通红，想说什么，但终究没说出来。她一跺脚，转身走了。

晚饭后，我爸来接我，他已经听说了我打架的事情。

你干吗跟她打，我爸叹气，严彩萍是个没妈的孩子。

啊，我惊诧地抬起头。

你不知道啊，我爸说，她妈妈在她很小的时候就生病死掉了，她爸后来又讨了个女人，听说经常打她。对了，她骂你什么？

船的事

我爸无意中说起，在他考入师范之前，有过一段在船厂当青工的经历，这触动了我妈的浪漫神经。我妈想起了小学时集体参观江南造船厂时的情景：小朋友们排着队，仰头看高大的船坞，江风阵阵，黄浦江船鸣。我妈托腮问，你们造什么船？万吨轮吗？我爸只好讪讪地回答，水泥船啦。

小镇去上海有三条路。一是铁路，镇北的夏驾桥有一个小站，沪宁线上的几班慢车在此停靠。一条乡间小路通向夏驾桥，刮风一阵土，下雨一身泥，除了附近几个村的村民，镇上很少有人去那里赶火车。二是公路，在镇汽车站等候县城发往安亭的班车，到安亭换乘“北安线”或者“陆安线”，下车再坐 40 路电车。一路折腾到静安寺的外婆家，四五个小时过去了。如果不坐班车，就要搭乘各种各样的便车，记忆里，我坐过救护车、运水泥的卡车，以及冒着黑烟的拖拉机，我坐在拖斗上，等一路颠簸到上海，鼻孔都熏黑了。三是水路，江南水道纵横，坐船是传统的出行方式。从吴淞江到苏州河，机动船要一天，手划船要一天一夜。我妈曾抱着襁褓中的我，搭红喜叔的运沙船去过一趟，事后我妈说风吹得脑袋疼。“包产到户”前，小镇周边的村庄普遍种双季稻，冬天还要种一茬小麦或者油菜。一年收割三回，肥料就不够用，农民摇着简易的水泥船，去上海郊区的粪站拉粪，一船能拉五吨。那是庄稼人的宝贝。我爸初中毕业后插队当农民，也曾领受过几次“光荣而艰巨”的任务：两个壮劳力轮流摇船，来回四五天，算双工分。在我的想象中，薄暮时分，河面倒映着晚霞，小船欸乃而行，船桨荡开涟漪，两岸风景后退。要不是大粪味道太难闻，倒也谈得上诗情画意。后来老师教我们唱“让我们荡起双桨，小船儿推开波浪”，我总会想到我爸划粪船的场景。

我喜欢趴在桥栏，看来往的船只。最好看的是拖船，为首一艘马达突突，后边跟着长长的一串，像蜈蚣一样，像火车一样。夏天，小伙伴们捏着鼻子从桥顶往下跳，溅起高高的水花。船老大高声骂，小猢狲，不要命了！

除了水泥船，农民家里还有一人宽的小木船，船身和船桨刷了桐油，靠人力划。镇上有碾米厂、缫丝厂和榨油作坊。一大清早，小船摇曳，划开水道，送蚕茧来，送稻谷来，送菜籽来。那样的日子，老街热闹得像过节一样。下午，男人醉倒在大大小小的酒馆里，女人买了布和鞋，糖果和油盐酱醋，自动铅笔和彩色橡皮，独自划船归去，把老街的一部分带回村里。

我妈在上海住院的那一年，我被寄养在爷爷奶奶家。放学后，我久久地坐在江边，看船。江风阵阵，空气里有鱼和河蚌的腥味。黄昏时，女人蹲在船头，用捡来的树枝生火，升起明亮的蓝色的烟，和寻常人家的炊烟似乎不同。不一会儿，飘来红烧鲫鱼和咸肉菜饭的香味。两三岁大的船家小孩，捧着铁皮小碗，专心地吃饭，一对光脚在船舷晃荡。我饿了，可是我不想回去。这些随处停泊的船，这些生活在船上的人们，满足了一个南方孩子对游牧生活的想象。在河道纵横的江南，他们才是最自由的。

奶奶喊我吃饭了。我不回答，让我的名字在风里多飘一会儿，像炊烟。

在那个寂寞的暑假，我和一个船上的男孩交上了朋友。男孩比我大一岁，假期跟爹娘出来跑船，隔三四天来一次小镇。我带他打街机，钓龙虾，吃老街的油墩子和糖枣，他带我到船上玩，送我新鲜的河蚌和油炸的小鱼。他爹娘是典型的苏北船民，高大黧黑，五个脚趾分开，吸盘一样紧扣甲板。我妈还在住院，我有点羡慕他，不知谁更像在漂泊。

那个泥鳅一般黑的男孩，用平静的语气告诉我，他老爹刚做了决定，不打算让他再读下去了。去他娘的义务教育吧，少供一个人念书，多一个人干活，才是最重要的。对跑船的来说，会写自己的名字，会做带小数点的加减法，看得懂水路图，已经足够。其他的，要从风里浪里学到。

他娘在船上喊，家来。他应了一声，飞快地跑回去。他走了之后，黄昏变得空荡。

我见过他们睡觉的船舱，在甲板底下，略低于水面。我无数次想象躺在里面的感觉，是不是像睡在水里。很多个夜晚，我都想推开门跑出去，跑到河边，随意跳上一条船，听一夜的水声。

第二天清早，醒在一个陌生的地方。

后来我知道，梦也是一条船，一夜间行过千山万水，又悄无声息地停靠在二十年后的一个清晨。

上海来的外婆

那时外婆还不老。她时常倒几部车，来小镇看我和我妈。记忆中，她爱穿一件灰色咔叽布外套，冬天是驼色呢大衣、料作裤，裤线挺括。非但不老，还有点时髦。下雨天，裤脚会沾一些泥。我很少去汽车站接她，她总是突然出现在我面前，亲热地叫我“囡囡”。我很开心，外婆从不空手来。“上海”字样旅行包里装的，是外婆厂里做的鸡蛋糕、苔条酥和梳打饼干。酒心巧克力一般日子是吃不到的，除非我生病了，或者是我或我妈的生日。还有方便面，那时叫“梭子面”，是高档的食品，我捧在手上干啃，又脆又香，比麻花好吃。听外婆说，解放前她在美国佬开的“沙利文食品厂”做工，五十年代初，沙利文和苏格兰人的“义利食品厂”、香港人的“马宝山糖果饼干公司”合并为上海益民食品四厂。一九七〇年，新中国第一袋油炸方便面，就诞生在外婆的手底。

我见过外婆年轻时的照片，短发清爽，眼睛明亮，面颊有两朵红晕。外婆笑着说，那是后期上色的。外婆喜欢唱沪剧，唱越剧，唱黄梅戏，是厂里的文艺积极分子。后来说不让唱，她就不唱了。外婆能写会算，又出身贫苦，根正苗红，很快被委以重任。八十年代，外婆负责厂里的外调工作，碰到去安亭、黄渡那个方向，她就早早办完事，花一角六分买张长途车票，跳上开往小镇的班车。

外婆通常在下午抵达。我妈说，姆妈你坐，我去弄碗面吃。

外婆摆手，说静芝你别忙，我吃过了。据外婆讲，汽车站下来有一家饮食店，小馄饨做得好吃，每次她来都要点一碗。外婆说得那么诚恳，配合着喝蛋皮汤的声效，以至很长一段时间，我都以为外婆是真的喜欢吃小馄饨。

镇上有两家国营招待所，外婆嫌不卫生，住在家里又添麻烦，往往没说几句话，就急着赶末班车回上海。我妈领着我送外婆，旅行包里塞几个咸鸭蛋，有时是一段青鱼干。一角六分坐到安亭，三毛钱乘“北安线”到陆家宅，再换 40 路电车回家。

来过几次后，外婆的小镇方言就说得有模有样，比我妈地道多了。她笑着跟我们的邻居打招呼，扯些有的没的，临别时再送上一把大白兔，拜托他们多多照顾我。邻居们都说，这个上海老太太真好，和气。我心疼大白兔，对外婆的社交不以为然——我妈平时买菜都讲上海话的。外婆就说我妈笨，死心眼，不懂人情世故——到人家的地方，客气一点总没错的，你说阿是？

有一次我跟我妈上街，大热天，我吵着要吃奶油雪糕。我妈没同意，我就赖在地上不肯走。我正一把鼻涕一把眼泪，一支雪糕送到面门前，“囡囡吃”。我睁眼一看，是外婆。原来方才我满地打滚时，外婆就坐在马路对面的公交车上。她都看见了。

更多的时候，我跟我妈去院部打电话。整个小镇医院只有一部长途电话，装在院长办公室外边。电话打到弄堂口的电话亭，接线阿姨去楼下扯一嗓子，外婆再跑出来接。外婆在电话那头讲，囡囡乖吧。我说，乖的。外婆说，囡囡想吃啥。我说，酒心巧克力。外婆就笑了，酒心巧克力哪能天天吃，要吃出酒瘾的。

那时我爸妈常为一些琐事争吵。我不愿听他们吵架，就选择离家出走。不会走远，在医院宿舍区范围内，找一个冷僻角落坐着。我爸妈吵着吵着发现我不见了，赶紧下楼来找我。他们东张西望，焦急地喊我的名字。我一声不响，把头埋进膝盖里。等我爸妈终于找到我，埋怨几句，或是安慰一番，也就忘了刚才吵架的事。后来我长大一点，这招就不太好用。通常会导致两种结果：要么吹半天冷风，实在冻得受不了，自己灰溜溜跑回家；要么我爸妈发现小赤佬又来这套，两人尽弃前嫌，团结起来对付我。家庭矛盾是解决了，男女混合双打的滋味不太好受。

我偷偷跑去院部打电话，接线阿姨问，寻啥人。我说，35 号孙阿姨，谢谢侬。阿姨说，等歇。

第二天，外婆来了。

我爸还在学校上课，我妈和外婆先吵起来了。我妈说外婆“专制”，“包办婚姻”，外婆说我妈没良心。每次我妈对我爸有所不满时，她会觉得，这一切都是我外婆引起的。我妈十六岁那年，一腔热血地报名去黑龙江插队，“去祖国最艰苦的地方”。外婆偷偷跑去她学校，把志愿改成安徽怀远，只求离上海近一点。大红喜报贴出来，我妈傻了眼。相约去黑龙江的同学说她是“叛徒”，我妈没法辩解，回家大哭一场。在当了三年农民后，我妈被推荐上了当地的卫生学校，毕业后分配在县人民医院。外婆到处求人，给她张罗相亲对象，找到了在小镇教书的我爸。两人通信，我妈说怀远的白乳泉在茶经里排名第七，我爸就说他老家无锡的惠山泉是天下第二泉；我妈说自己差点能推荐上复旦，我爸就说要不是看错一道题，他眼下应该在清华。我妈对我爸这种抬杠行为很不满意，最后是外婆拍了板。外婆的想法很简单：嫁给我爸，我妈就能调到小镇工作，好歹离上海近些。我妈指着外婆说，要不是你，我怎么会认识这只男人。外婆说，不是我，你还有的苦。我妈说，苦就苦，你凭什么替我做主。外婆说，你当时都快三十了，我不做主谁做主。我妈说，四十也跟你没关系，我可以不结婚的。外婆气得直哆嗦，半晌，她转过头对我说，你讲讲看，你妈这叫什么话。

听我妈说过，她跟外婆其实不太亲。我妈跟我两个舅舅是太阿婆一手带大的。在我妈的大多数童年里，我的外公外婆都在热火朝天地干革命。外公是街道办事处的干部，外婆是厂里的劳动模范，两人经常要忙到深更半夜才回家。第二天清早，姐弟三个醒来时，大床空荡荡，他俩已经去上班了。

外婆是抹着眼泪离开的。我妈赌气没送她。是我目送外婆挤上了末班车。外婆拎一个大大的旅行包，里面装了床单和被套——她原本打算去招待所住一晚的。车上人很多，车门关了两次才合上。我站在路边哭了。

第二天晚饭后，我妈拖我去院部。像等了很久，听筒里传来外婆的声音——喂，喂，啥人啊?

我妈攥紧话筒，手微微发抖，不说一个字。

……喂，静之啊，阿是静芝……

啪一声，我妈挂掉电话，拉着我走了。

去夏驾桥看火车

夏驾桥在小镇的北边，隔了十里地。镇上人谈起夏驾桥，感情有点复杂。南方男人总的来讲个头偏矮些，夏驾桥是个例外。这儿的男人又是高，又是壮，铁桶似的，蛮牛似的，钵头大的拳头，打起架来不要命。镇上人总结了，讲到底，是因为吃的粮食不一样。别的地方收完稻子，就让地荒着，撂一个冬天，或者种一季的油菜。夏驾桥种冬小麦。夏驾桥人热爱小麦，他们吃面条，吃烙饼，吃花卷，吃四两重的实心大馒头，吃疙瘩汤，以及一切面粉制品。像北方安插在江南的一块飞地。

夏驾桥有自己的初级小学。小孩在村里上到三年级，再去镇上的中心小学。这时他们已经被烙饼和花卷喂得敦敦实实。张毛豆、王芋艿，包括女同学尤面筋，哪一个不是人高马大？比镇上同龄的小孩至少高出半个头。只是，小学生长得太高也不好，万一成绩不灵光，挨批评时就像个留级生。

从夏驾桥去镇上，骑自行车要半个多小时。夏驾桥的孩子早早就学会了骑车，他们的骑行技术是在田埂上练出来的。每天早晨，他们像一群来自北方的骑兵，风驰电掣般越过夏驾河，突破312 国道，往镇上奔袭过来。傍晚时再撤回去。冬天，地里结了一层霜，天还黑着，骑兵们从温暖的被窝里爬出来，喝过一碗热腾腾的面疙瘩，背上书包，跨上老“凤凰”或者旧“永久”，头也不回地出发。他们习惯了双脱把，两手插在校服兜里，转弯也不拿出来。他们在公路上飙车，一路笑骂，你追我赶，加速，再加速。等到了学校，摘下帽子，头顶直冒热气，像武侠片里的高手在发功。

在夏驾桥的骑兵群里，混着一个骑驴的，那就是霉干菜。霉干菜姓梅，人长得又黑又瘦，比尤面筋还小一圈。张毛豆和王芋艿的自行车是父辈们用下来的，霉干菜个头矮，骑一辆他娘陪嫁的 22 寸“飞鸽”。这辆女士车给霉干菜带来了很大的困扰。飙车的时候，他憋足劲拼命蹬，小轮子都快飞起来了，还是拼不过张毛豆和王芋艿。毛豆和芋艿哈哈大笑，扬长而去。到后来，为了避免因装备问题一再输掉脸面，霉干菜总是选择早早地出门。

霉干菜是个惹人讨厌的家伙。举个例子吧，下课了，女生们在走廊里跳橡皮筋，一边跳一边唱：小皮球，圆又圆，马兰花开二十一。霉干菜凑过去，阴阳怪气，学着女生的腔调捣乱：冬瓜皮，西瓜皮，小姑娘赤膊老面皮。结果当然是被打出来。霉干菜挨了一通粉拳，哎呦哎呦地叫唤，挤眉弄眼，很光荣的样子。

别看夏驾桥的骑兵一路耀武扬威，到了学校，他们即将遭遇老木头的迎头痛击。当年韩世忠追击金兵，率大军经过小镇的石拱桥，韩世忠刀挑战甲，迎风矗立，这座桥从此被叫作卸甲桥。老木头就像韩世忠一样，只不过他挥舞的不是大刀，是粉笔。这天，老木头出了一道应用题：两列火车相距 300 公里，相向行驶，甲车时速 40 公里，乙车时速 60 公里，问两车多久相遇？老木头手提粉笔，四顾睥睨。老木头先点了张毛豆的名，毛豆痛苦地站起，老木头敲敲黑板，来，站到前面来。老木头又问王芋艿，芋艿忸怩地站起，老木头敲敲黑板，王芋艿也站了上来。老木头问霉干菜，霉干菜一声不响，自己跑到黑板前，站在毛豆和芋艿的中间，像一家三口逛公园。老木头快疯掉了，这么简单的相遇问题都不会做，四化还建不建设了，啊？老木头最后点了女生尤面筋的名，尤面筋清了清嗓子，不慌不忙地答道，两车速度之和 100 公里，三小时后相遇。老木头夸张地大叫一声，对啦！他回头看黑板前的三只宝货，又看看尤面筋，心情无比沉痛：一样是夏驾桥出来的，差距怎么这么大呢？

夏驾桥有一个火车站，建于光绪三十四年（一九〇八年），也就是沪宁铁路通车的那一年。这是一个四等小站，九十年代初，每天有两百多列火车呼啸而过，其中的七趟会在夏驾桥站短暂停靠——三趟往上海，四趟往苏州，都是最慢的慢车。夏驾桥到上海站四十公里，慢车停五站：天福庵、安亭、黄渡、南翔、真如，晃晃荡荡，得开一个多小时。慢车有一点好，便宜。比如，从夏驾桥到天福庵，或者反方向坐到县城，都只要两毛钱，到上海站是一块。即便如此，火车并不是小镇人出行的首选，大家宁愿去长途汽车站，倒腾两三辆车。除了火车班次太少这个原因，夏驾桥实在是太远了。

无论如何，夏驾桥因火车而出名。火车驶过田野，火车带来的风拂过麦浪，让这个夏驾河边的村庄与众不同。铁轨只有两端，可是能通往所有的方向。那些呼啸而过的钢铁巨兽，奔跑在每一个男孩的梦里。

霉干菜对我们说，知道不，我爸是铁路上的，坐火车不要钱。

王芋艿刚好路过，听到了这句话。王芋艿哈哈大笑：霉干菜，别人不晓得我还不晓得，你爹不是村里的养鸡专业户吗，啥时候混到铁路上去了？

我讲错了，霉干菜脸涨得通红，极力掩饰道，我讲错了，是我的哥哥，我哥是铁路上的，坐火车不要钱。

你哥早就被火车撞死啦，王芋艿不依不饶，不然，还没你呢。

我听王芋艿讲过，霉干菜有一个哥哥，据说那个男孩长得虎头虎脑，是标准夏驾桥的种。男孩十岁那年，有次在铁轨边玩耍，被一辆过路的火车卷入轮下。一年半后，霉干菜出生。王芋艿说，知道霉干菜为啥这么瘦小，他娘生他时都快四十啦。悲伤的产妇奶水严重不足，霉干菜是吃米汤水长大的。

此刻，霉干菜还在辩解，才没有，我哥才没有死，王芋艿你瞎说。我们哈哈大笑，霉干菜又在吹牛皮喽。

冬瓜皮，西瓜皮，霉干菜吹牛老面皮。

过了几个月，我们都忘记了霉干菜的牛皮和笑话。那天正上着课，老木头过来敲门，说，霉干菜，你哥来接你。跟在老木头身后的，是一名身穿铁路制服的大个子，身姿笔挺，英气逼人。

霉干菜两眼放光，抓着书包一跃而起。我们扭头看王芋艿。

王芋芀的脸色像见了鬼。

第二天早上，大家围着霉干菜问东问西：那真是你哥吗？他有枪吗？昨天带你去哪啦？

我哥带我去上海啦，霉干菜得意地说，跟着我哥，去哪儿都不要钱。

放学后，我截住了霉干菜。霉干菜经常抄我的作业，跟我算比较要好。我问霉干菜，我俩是不是兄弟？

是呀，霉干菜歪着头说。

我说，那我坐火车也不要钱吗？

霉干菜问，你要去哪里？

我说，上海。

霉干菜拍拍胸脯，说没问题，包在我身上。霉干菜豪迈地表示，你是我的兄弟，自然也是我哥的兄弟，放心，兄弟是不需要出钞票的。

那时我妈在上海的医院做手术，我已经有一个多月没见到她了。我存了点零花钱，打算去上海看她。当然，我也可以坐汽车，以前都是坐汽车去上海的外婆家，可我不知道怎样去医院。听说那家医院在苏州河边上，离火车站倒是不远，下车可以一路问过去。何况，坐火车不花钱，省下的路费可以买娃娃雪糕和橘子棒冰，这才是我来找霉干菜的主要原因。

霉干菜想了想说，十点十分有一班去上海的，411 次。这样吧，我礼拜天早上八点半来找你，跟我走就行。

礼拜天，我吃完早饭出门，霉干菜已经在丁字路口等我了。我跨上车，紧跟霉干菜的“飞鸽”，两人一前一后，向北骑去。先是水泥路，再是柏油路，过了312国道后，就变成乡下的土路，越往北走，路况越差。大片的麦田在视野里展开。太阳出来了，我出了一身汗，还是卖力地蹬着踏板。霉干菜回头喊，就要到啦。

在一排杨树的后面，火车站出现了。所谓的车站，就是一幢奶黄色的两层小楼，外加一排平房。平房是一九〇八年英国人盖的，现在是车站职工的宿舍，小楼则是日本人留下的。离开车还有半个多小时，几个乡下人坐在候车室吃香烟，脚边的箩筐里卧着一只大白鹅，正好奇地朝我们张望。

我俩往月台跑，被检票的拦住了，哎，哎，小孩，这里不能进。

霉干菜神气地说，×× 在不，他是我哥。

你哥？检票的狐疑地打量他一眼，他上个礼拜就调去县里了。

霉干菜显然吃了一惊，好在他及时调整了表情。叔叔，霉干菜嬉皮笑脸，那我去县城找我哥，你放我们进去呗。

不行，站长的弟弟也不行，检票的指指墙上，看见没，乘车规章，小孩子必须由家长陪同才能上车。

我俩不是小孩，霉干菜吹牛皮，我俩都读初中了。

检票的看看霉干菜，又看看同样瘦小的我，说，卵毛还没长，就敢冒充大人，信不信我告诉你们老师去？

一辆过路的货车隆隆驶过，大白鹅受了惊吓，拼命地扑腾翅膀。

怎么办，霉干菜哭丧着脸对我说，我哥调走了，我也不知道……

你也不动动脑子，我埋怨道，本来随便拉个人就能冒充家长，这下好，让检票的认出来了……

我俩推着车，垂头丧气地往回走。走了一段路，我说，来都来了，你陪我去看火车吧。

我俩爬上一个高高的土坡，视线越过铁丝网，落在空荡荡的铁轨上。我和霉干菜并肩坐下，等火车来。

我说，那不是你哥，对不对？

霉干菜把脸埋进膝盖里。过了好一会儿，他抬起头说，那天王芋艿不是笑话我哥死了吗，我憋了一口气，非得找个哥给你们看看。

我看着霉干菜那张被风吹红的脸，等他说下去。

我们村就在车站边上，那几个穿铁路制服的，隔天就来村里的集市买菜，豆腐青菜鸡蛋啥的，有时会拎一只鸡。哦，你还不知道，他们都是上四十八小时的班，再休息四十八小时。休息天搭车回县城，上夜班就轮流回宿舍睡觉，饭点生个小煤球炉，炒几个菜吃。

我爹在集市上摆了个摊，卖鸡卖鸡蛋，我周末去看摊。你看见的那个大个子，他常来买我家的鸡蛋，人很客气，买完会说“谢谢”和“再见”。那天集市没几个人，我准备收摊了，大个子走过来问，小兄弟，这只鸡多少钱？我看看他，说不要钱。他就拿眼睛瞪我。我说要是嫌不够，我再去棚里捉一只。大个子蹲下来说，小兄弟，是不是碰到啥事情了？讲给阿哥听听。你看，是他先说是我哥的。

我把学校的事一五一十地说了。我问大个子，能不能来趟我的学校，假扮一回我哥，帮我出口气。我说，这只鸡拿走，以后吃我家的鸡蛋也不用钱。大个子笑笑说，小兄弟，这我可帮不了你，我总不能替你去骗人吧。再说，休息天我要回城里陪女朋友的，哪有空来你们学校。

然后他就走了，也没买我的鸡，霉干菜说，没想到，都过了好几个月，他真的来了，他还记得这件事。

我说，那他带你去上海了吗？

没，霉干菜摇头，我们就在老街走了走，大个子叫了两客小笼，我们坐下来吃。大个子说，他要调去县城火车站了，以后不会再回来。离开之前，过来看看我。

我以为他至少要过几天再走的，没想到这么快。霉干菜沮丧得很。

我不说话。两个少年坐在天空下。太阳像一只金色的荷包蛋，盛在青色的盘子里。

霉干菜不好意思地挠挠头，今天害你没去成上海，你……你还生我气不？

早不生气了，我拍拍霉干菜的肩膀，说，我也想要一个铁路上的哥哥。

霉干菜哈哈大笑起来。他凑过来，神秘兮兮地说，你知道不，火车要提速了。

是吗，我说，那去上海是不是更快了？

不是的，不是这样的，霉干菜说，提速的意思是，现在夏驾桥站一天停七趟车，以后只停两趟：上海一趟，苏州一趟。大个子说，小站是铁路的包袱，像夏驾桥、天福庵这种站，早晚要撤销的。

大地深处一阵震颤，隐约传来汽笛声。天空飞过一只鸟。有风掠过麦田。

火车要来了。

打手心

黄潇潇是二年级时转校到镇上中心小学的。班上有个姓范的男生，绰号叫饭团子，第一节课下课后，饭团子跑过来问，黄潇潇，老师说你是从乡下来的，你会种地吗？

黄潇潇摇头说，不会。她心想，家里早就没人种地了。

那，饭团子不死心，你会放牛吗？

黄潇潇说，我家没有牛。

饭团子像发现了新大陆，黄潇潇，你没有红领巾耶，我们都有……你不是少先队员吗？

黄潇潇小声地说，老师说我年龄还没到，不过下个月我就能入队了。

后来她知道，为了让自己早一年上学，她爸爸给村小校长包了一条红塔山。

饭团子问个不休，黄潇潇，你抓过鱼吗？黄潇潇，你被蜜蜂蜇过吗？疼不疼？黄潇潇……

上课铃响了，饭团子赶紧跑回自己的座位。第二节下课，饭团子又来了，黄潇潇，你吃过油菜花吗？中间有一点甜的……黄潇潇不耐烦了，说，饭团子，我要上厕所了，你别跟着我。

黄潇潇出生在一个叫南圩的村庄，这一年，村里诞生了五个女娃娃，大家说，这是南圩的“五朵金花”。南圩村离镇上有十里地，隔一条吴淞江，过江要坐摆渡。黄潇潇的爸爸三十岁出头就当上了村支书，后来辞职不干了，在老街租下一幢二层小楼，楼上住人，楼下办厂。村里的老人说，他是全村胆子最大、脑子最活络的一个人，八十年代就敢问银行借一大笔钱，买了几台车床、铣床，墙上挂起一张个体工商户营业执照，做起了模具生意。

黄潇潇跟妈妈搬到了老街。老街原本是一条河，后来填平成街。这里是小镇最热闹的地方，有饭馆，有布庄，有书场，有茶叶铺，有羊肉面店，有数不清的小吃摊，有老字号的陆万德茶馆和卖糕点的“陈万兴”，有镇上唯一一家新华书店，还有气派的供销社大楼。乡下人走进供销社，捏一捏的确良衬衫的料子，看两眼最新式样的热水瓶，摸一摸缝纫机台面，最后停在卖电视机的柜台前。七八台大大小小的黑白电视机组成了一个矩阵，在放同一个台的节目。黄潇潇最喜欢扒着柜台看电视，五频道是中央电视台，八频道是上海电视台……看着看着就出了神。直到妈妈在街上喊她的名字，她慌忙答应一声，赶紧溜回家吃夜饭。

期中考试到了。语文考了一半，黄潇潇突然站起来，报告老师，饭团……范晓峰他……他偷看我。

监考老师诧异道，范晓峰，你隔了三排座位，还能偷看人家考卷？

黄潇潇说，不是的，他看我面孔。

大家哄笑起来。监考老师哭笑不得，说范晓峰你站起来，老实交代，为什么要看人家？

考完了，大家围着饭团子起哄，说饭团子喜欢黄潇潇，饭团子要讨新娘子喽。啥时候发喜糖？啥时候拜天地？啥时候入洞房？饭团子涨红了脸，说，不是的，你们不要乱讲。黄潇潇趴在课桌上，呜呜地哭了。

过年了，黄潇潇的爸爸搬回一台 14 吋“金星”，黄潇潇再也不用挤在供销社柜台前看电视了。每天放了学，她飞快地写完作业，打开只有五个频道的电视机。有时她会慷慨地邀请小伙伴一起来看动画片，条件是要守规矩，排排坐好，“手放在膝盖上”。

黄潇潇的爸爸经常去苏州和上海谈生意，带回铁罐巧克力、亮闪闪的公主裙、彩色动物橡皮和有十八个按键的铅笔盒。有一回，黄潇潇跟表姐坐汽车去县城玩，路过一家卖冰激凌的店。老街只有卖一毛五一根的橘子棒冰和三毛一根的奶油大雪糕，顶多是上海益民食品一厂做的娃娃雪糕。表姐上前问，这个红色的是什么味道，那个绿色的呢？下面的皮也能吃吗？售货员说，乡下人，买不起少问。黄潇潇回家告诉了爸爸。下一个周末，爸爸带黄潇潇和表姐又去了县城，他找到那家冰激凌店，抽出一张百元钞票，刚发行的第四套人民币，对售货员说，不用找了，给乡下人多来几个。

那天，黄潇潇手里捧着五个冰激凌。她东吃一口西吃一口，生怕这幸福过早地融化了。

五年级的期末考试，黄潇潇又考了全校第一。返校那天，她领了一堆奖状，打算回去好好显摆一下。有个邻居慌里慌张地跑来说，黄潇潇，快点回家吧，你爸出事了。

黄潇潇赶紧跑回家，家里挤满了人，几个妇女在安慰哭得昏天暗地的妈妈。里屋，一张白床单，遮住了爸爸的脸。

爸爸一早骑着他心爱的“嘉陵 250”出去了，在国道口被一辆运货拖拉机撞倒，送医院的路上已经没了呼吸。

奶奶把黄潇潇接回南圩村，住在老房子里。阿花过来陪她。阿花是小时候的玩伴，当年的“五朵金花”之一，黄潇潇去镇上念书后，两人好久没见面了。阿花陪她吃饭，陪她睡觉，黄潇潇哭的时候，阿花也在一旁抹眼泪。黄潇潇有时冲阿花发脾气，大叫大嚷。阿花一声不响。

一周后的“头七”，黄潇潇要回老街了，一辆黑色桑塔纳停在村口。吴淞江修了桥，开到镇上只要十来分钟。阿花来送她。黄潇潇拉着阿花的手，想说什么，却什么都没说出来。坐上桑塔纳，稻田飞速地后退，泪眼婆娑中，乡下的景物模糊了。

开学了。饭团子在身后叫，黄潇潇，黄潇潇。

黄潇潇转过身，傲然问，什么事？

饭团子说，没事。

黄潇潇走了几步，饭团子又叫，黄潇潇，黄潇潇。

黄潇潇气汹汹地说，你瞎叫我的名字做啥？

饭团子说，我妈妈不开心的时候，我也这样叫她的名字。我叫，张美娟，张美娟，叫到她烦了，把我抓牢打一顿，心情就好了。

黄潇潇说，神经病，你妈妈开不开心，关我什么事？

饭团子低下头，像犯错误一样。黄潇潇说，好了，饭团子，你说说看，你妈妈为什么不开心？

饭团子说，因为我爸爸，我爸爸好久没回家了。有时候我妈妈吃饭吃到一半突然跑掉，或者半夜三更不睡觉，坐着发呆，我就知道，她又在怨我爸爸了。

你爸爸人呢？

前些年，我爸爸跟国二厂的钱阿大一道去日本打工，两个人扒集装箱去的，厉害吧。第一年春节，我爸爸没回家，给我妈妈汇了一笔钱，我妈妈很高兴，说还了债，还能买一个洗衣机。照这样下去，明年就能买电视机了。结果第二年我爸没汇钱来。第三年，钱阿大一个人回来了，带了我爸的一封信。钱阿大对我妈妈说，老范跟一个浙江过去的女人住在一起，让我妈妈再找个人过。我妈妈气死了，天天哭，哭完了就打我。

哦，那你好可怜。

我不可怜的，我妈妈打我的时候，我就假装哇哇叫，还把口水涂在脸上，冒充眼泪水，其实一点都不疼的。我妈妈打完我，就抱着我哭，说幸好有我这个小讨债的，要不然她就去跳吴淞江了。

黄潇潇噗嗤一笑，说，可是我也不能打你一顿呀。

饭团子想了想，说可以的，我妈妈打我屁股，你是女同学，打男同学屁股不大好，你可以打我手心，不过不要打得太疼。

黄潇潇拉过饭团子的手，在他手心轻轻拍了一下，说，好了，我现在好一点了，你可以走了吧。

一年后，饭团子的妈妈又结婚了，要带饭团子去县城，学期结束就走。大家都很舍不得饭团子，在他的本子上写了很多留恋的话。考完试那天，黄潇潇在前面慢吞吞地走，饭团子跟上去，叫，黄潇潇，黄潇潇。

黄潇潇说，干嘛，你又来烦我。

饭团子笑嘻嘻地说，以后我就不烦你了。

黄潇潇说，饭团子，谢谢你哦。

饭团子莫名其妙，说，谢我什么？

黄潇潇说，你还记得吧，那天你让我打了你一下，我心情真的好了很多。

饭团子说，不客气。你要是想打，我还可以给你多打几下。

黄潇潇说，讨厌。

饭团子说，其实我该说声对不起的，那次他们笑话我，说我喜欢你，我就说他们乱讲。那不是真的。

黄潇潇低下头说，我知道的。

饭团子说，从那以后，我就不敢再盯着你看了。

黄潇潇小声说，本来就是我不好，我不该跟老师检举你的。

两人都笑了。饭团子说，黄潇潇，以后你有了男朋友，特别是第一个男朋友，他一定会讲，哇，你没谈过朋友呀，你的那些男同学都是瞎了吗？你就跟他讲，有一个人没瞎，他很喜欢你的，是你不要他。

黄潇潇说，好的，我知道了。

饭团子说，你的脸红了。

黄潇潇说，反正你要走了，我就告诉你好了，其实我也是有一点点喜欢你的。后来你追文艺委员吴菲菲，给人家买零食，我心里是不高兴的。

饭团子说，我太笨了，我以为你讨厌我。我要是早一点知道，就不追吴菲菲了，只追你一个人，只给你一个人买零食。

黄潇潇说，那也不一定能追到。

饭团子说，是的是的，你很难追的。

正是下班的时候，老街热闹起来，人人行色匆匆，自行车龙头上挂了一把油菜薹，要赶紧回家烧夜饭。黄潇潇想，老街可真像一条河呀。

饭团子说，黄潇潇，可以问你一个问题吗？

黄潇潇说，你问吧。

为什么你总是头抬得高高的？饭团子说，你知道吗，其实有好几个男生也想喜欢你，他们说黄潇潇读书好，人又漂亮，就是太骄傲，这种女孩子追了也白追。

黄潇潇笑笑说，以前刚来街上的时候，我妈妈总是对我说，我们是乡下人进城，不要让人看不起，别人做一分好，我们就要做到十分好。你们说我读书用功，其实我不想用功的，我只知道，作业做好了，考试考好了，我妈妈就不会说我了。

后来我爸爸出了事，我跟我妈妈天天在家里面哭。有一天，我妈妈哭完了，走过来对我讲，人总有倒霉的时候，一个人，宁肯让人家觉得可恨，不要让人家觉得可怜。人家笑话你，骂你活该，都不要紧，说你可怜，那就真的完蛋了。

然后她指挥我，黄潇潇，去洗把脸，头发梳梳好，跟我出趟门。背给我挺起来，在外面不许哭，要哭，回家再哭。

从那以后，我就不要我妈妈再说什么了。我努力念书，考第一名，就是不想让别人觉得我是个没爸的孩子，觉得这个小姑娘很可怜。

饭团子说，你不可怜的。

黄潇潇说，我哪里不可怜，讲来讲去，我还是没有爸爸，不像你，有两个爸爸。

饭团子说，啊呸。

两人又说了一会儿话。饭团子伸出手，说，我再让你打一下吧，以后你不开心，只好去打别人了。

黄潇潇打了一下饭团子的手心。这次打得比较重。

饭团子说，可惜我没有时间了，也没有福气再喜欢你。再过三年，你大概会忘了我，也有可能是五年、七年。我会一直记得你。

黄潇潇看着饭团子的眼睛，说，那么，再会了。

饭团子说，好的，再会。他笑一笑，转身走向街角，像一条船消失在河流中。

告白

小飞把胳膊勾在我的肩上，汗津津的，像一节刚出水的藕。我们跟六年级踢了一场分组对抗，4 比 2，我们赢。小飞贡献了三个进球，其中一脚凌空抽射尤其精彩。那个球是我传的。我在五（一）班，小飞在五（三）班。我爸当初把我塞进足球队，无非是希望我多运动，少生点病。足球队每天放学后训练，先跑圈，再练传球，练带球，练射门，最后是分组对抗。一年多时间，我从替补的替补，一步步踢上主力。小飞不一样，小飞从一开始就是球星。他速度快，技术好，带球像一阵风。我们训练时，总有几个女生站在场边，高年级低年级的都有，她们是专门来看小飞的。前几天我们训练完回家，孙琳正站在校门口。孙琳是五（四）班的，属于那种好看到飞扬跋扈的女生，唱歌也唱得好听，参加过全县的文艺汇演。孙琳见到小飞，二话不说，上前就是一个巴掌，随即扭身就走。我们看呆了，这不是电视里才有的情节吗？我们都羡慕地看着小飞，小飞苦笑着摊手，说，是她自己要分手的，我说好，她又跑来打我。他叹了一口气，女人啊，女人。

赢了球，小飞很高兴，主动提出请大家喝汽水。汽水一毛五分一瓶，分橘子味和柠檬味两种，镇在碎冰块里，咕咚咕咚喝下去，很过瘾。我们喝着汽水走回家，一路聊着范志毅和宿茂臻谁厉害。小镇邻近上海，有不少申花队的拥趸。小飞把胳膊勾在我的肩上，得意地说，你们不知道，巴塞罗那队新出来一个光头，叫罗纳尔多，那才叫厉害，带起球来拉都拉不住，想犯规都犯不着，我很看好他。

我和小飞顺路，我回卫生院宿舍，他回菉溪新村。快到小飞家时，他压低了声音，路小霸，我们是兄弟不？

我说，当然。

小飞说，那你替我传个纸条吧。

那一阵子我们流行传纸条。男生女生，有话当面不讲，要写在纸上，叠成各种形状，很有仪式感。女孩子心细，会把纸条叠成千纸鹤或者幸运星的模样，男生粗糙，折个百叶包就算用心了。至于纸条的内容，有的朦胧晦涩，有的就比较直白易懂。比如上礼拜，黄潇潇托人传来一只纸鹤，我好不容易熬到下课，躲进厕所，面红耳赤地拆开，里面只有一句话——借我的五块钱，什么时候还？

我说，没问题，给谁？

小飞说，给你们班的阿愿。

我心里咯噔了一下，没说话。小飞从书包里掏出一枚百叶包，递给我，眨眨眼说，不准偷看。

我和阿愿都是在卫生院的宿舍长大的，她爸是内科医生。阿愿的妈妈好像挺喜欢我，老叫我去他们家玩，以前还拿我开玩笑——长大了讨我们阿愿当娘子好不好？我慌忙摆手，心里说，好的好的。阿愿听到了，脸板下来，嘴里哼一声，谁要嫁给他，或者说，我才不给这笨蛋当娘子呢。

有一天，汤圆问我，你有喜欢的人吗？

我一时没反应过来，摇头说，没有吧。我问汤圆，那你呢？

汤圆凑到我的耳边，小声地说，我喜欢阿愿。

我想了想，阿愿好像是不错，人长得好看不说，成绩也好，更重要的是，她愿意借作业给我抄，虽然有时候有点凶，打人比较疼。我对汤圆说，我也喜欢阿愿。

真的呀？

嗯，真的。

我俩互相看了一眼，开心地笑了。

有一件事能说明汤圆对阿愿的感情。那天放学路上，阿愿走着走着，突然摔了一跤，不是那种优雅的跌倒，而是直接面孔朝下，啪一声，狗吃屎。你见过漂亮的女孩狗吃屎吗？这听起来很不可思议，就像谁都没见过她们流黄龙鼻涕一样。漂亮的女孩即使伤风感冒了，也只流清水鼻涕。我和车小匪在一旁笑得肚子疼，汤圆也笑。然后他跑过去，想要扶起阿愿。阿愿对他说，滚。

我和车小匪笑得更厉害了。

车小匪报告说，他在住院部顶楼发现了一个秘密仓库，大门用链条锁着，正好可以钻进去一个小学生。汤圆说，可能是藏死人的地方。我们都很兴奋。一个周末的下午，我们偷偷溜进了那间仓库，阿愿听说了，硬要跟我们一起来。不敢开灯，我们摸索着往里走，越走越黑，越走越冷。我的汗毛一根根竖起来。阿愿一下子拉住我的手，紧紧地握着，我的心脏猛烈地跳动起来。黑暗中，听见她短促的呼吸。我想，真的有鬼出来，或者电影里那种僵尸，我会保护阿愿的。走了一圈，没看见死人，只找到一些胡乱堆放的床单、热水瓶和折叠床。从仓库出来，三点半的阳光猛烈地打在脸上，像电影散场。不知什么时候阿愿松开了手，她不满地说，你们男生真无聊，我不跟你们玩了。

我一口气跑回家，拆百叶包的时候，手忍不住地抖。我知道这么做很不地道，不上台面，但那时我已经顾不上了。

纸条里是一句歌词，显而易见的喜欢的意思，后面写着小飞的名字。

我想象阿愿看到纸条时的表情，我有一点害怕，怕她从此喜欢上小飞——谁会不喜欢一个足球明星呢，何况还长得帅——然后被伤害，被辜负，像小飞的前女友们那样，在校门口守着负心人。守到了，给他一记耳光，再一个人哭哭啼啼地回家。想到阿愿伤心的样子，我也难过起来，到那时，我该怎么办呢？我想到了汤圆，汤圆怎么办？

第二天，我跑去问汤圆，你还喜欢阿愿不？

喜欢呀，汤圆快乐地说，喜欢一个人多好。

那么，我支支吾吾，如果，我是讲如果，有人向阿愿表白怎么办？

汤圆转头看我，眼睛里没有一丝的忧愁，没关系的，汤圆说，你去好了。

不是，我连忙解释，不是我……

你好好把握，汤圆笑了，不管你成不成，我以后还可以继续喜欢阿愿的，对吗？

我愣了愣，只好说，对的。

汤圆拍拍我的肩，走了。

我攥着这该死的纸条，坐在课堂上发呆，阿愿就在离我三米不到的地方。我想起黑暗中阿愿的手，柔软、温热的手，像一颗小小的粽子。我很想把纸条撕了，冲进厕所，然后拍拍屁股，当作什么事都没发生过。可是，以后还怎么见小飞，还怎么一起踢球？我突然一阵难过，恨小飞，那么多女生，他偏偏去喜欢阿愿，也恨自己，没有小飞那样的勇气。

班主任母老虎悄无声息地靠了过来。

一声断喝：拿出来！我吓了一跳，赶紧把纸条往袖口里塞。母老虎伸手，嗤的一声，撕下大半截。她拆开纸条，念道：

你穿的衣裳，很普通但很漂亮
这晚霞，这时光，你可会淡忘

大家都哄笑起来，汤圆也在笑。我的脸一下子红到脖子根，就像那句话真的是我写的一样。我这才发现，有小飞名字的那小半截还捏在我手里。

母老虎嘲讽地问，什么意思？我低下头，说，没什么意思。母老虎问，写给谁的？我朝阿愿看去，她正跟大家一起，兴致盎然地看好戏。目光交接，她像意识到了什么，笑容僵住了。

母老虎拔高了音量，讲呀，写给谁的？

我脑子一热，血往上涌，大声说，写给阿愿的。

全班炸锅了。阿愿捂住嘴，那眼神像中了一枪。随后她埋下头去，肩膀一耸一耸的，任凭周围几个男生拍手怪叫。

啪，一记巴掌拍在后脑勺上，火辣辣的疼。不学好！母老虎愤怒了，纸条我交给你家长，另外，罚你做一礼拜的值日，从今天开始。

中午回家吃饭时，我爸已经知道了这件事。我把剩下的半截纸条拿给他看。我爸皱着眉说，怎么不跟刘老师讲？

我嗫嚅，说不能出卖朋友嘛。

我爸叹口气，没说什么。

小飞亲热地朝我跑来。好兄弟，够意思，他大声笑着，听说你让母老虎骂惨了，还被罚做值日，到底没把我供出来。

我强颜欢笑，说没什么，兄弟嘛，何况本来就是我不小心。

还得多谢你的不小心，小飞说，其实嘛，那张纸条不给阿愿更好。

为什么?

就是，小飞抓耳挠腮，那个，我跟孙琳和好了。

什么?我头皮炸了。

唉呀，分手也是她要分，和好也是她要和，我有什么办法?小飞很无辜，这样，我每天找两个小弟来帮你扫地，可以不?

我垂头丧气地回家，阿愿在宿舍大院门口堵着我。

笨蛋，她的脸红扑扑的，比平时更好看了。

你个笨蛋，干吗写这种莫名其妙的话给我?她气汹汹地说，这下好了，我的名声都让你毁啦。

看着阿愿生气的样子，我忍不住笑出来。

你还笑，阿愿更气了，用力地打了我一拳。半边胳膊立马酥麻了。

以后没人再喜欢我了，你负责啊?

我很想说，我负责。话到嘴边，变成了傻笑。

这次不算，回去重新写，不准抄歌词，不准再给母老虎抓住了，听见没?阿愿恶狠狠地说，写得好，我就原谅你。

塑料花

上午最后一节课，班主任说，中午大家回家，换白衬衫、白球鞋，每人带一束塑料花来，下午有外宾。

我们都欢呼起来。外宾的到来意味着停课，虽然迎接外宾算不上一件有趣的事情，无论如何，总比上课要强，不是吗？

那几年，小镇像一个五月怀胎的女人，滋润，丰腴，志得意满，对未来充满希望。合资、独资企业一家接一家入驻，小镇居民对各种肤色的老外，早已见怪不怪。每年总有一两次，有重量级外宾来我们小学访问，镇领导陪同。外宾不会空手来，有时送一架钢琴，有时送一台苹果“麦金塔”，有时送老师们人手一只保温杯。所以这个事情，校长比较重视。我们穿上整齐的服装，挥舞着手中的道具，在校门口列队欢迎。欢迎欢迎，热烈欢迎。

我回家对我妈说，老师讲了，要塑料花。我妈说，自己拿。和九十年代的所有家庭一样，我爸妈的卧室里挂着一幅结婚照，后期上色的。我爸穿一件灰色西装，双颊染成鲜艳的粉色，看起来有一点好玩。我妈身披婚纱，捧一束白色马蹄莲。两人都规矩地笑着。这束马蹄莲，就插在照片底下的花瓶里。

我抓起马蹄莲，有一支脱落了。我哇哇叫，妈，花坏了。

我当什么事，我妈说，大惊小怪。这样，我拿胶水给你粘一下，不就好了？

问题是，折断截面太小，胶水无法固定，稍微一动就又掉下来，一副凋败的样子。我妈皱眉说，要么，用胶带贴一下？

我大声表达了我的抗议——身为中队学习委员，两条杠的班干部，怎么可以带一支伤兵一样的花去学校？老师会怎么想？同学们怎么看我？以后还怎么开展班级工作呢？

我妈为难地说，那怎么办？

办法肯定有。供销社就有卖这样的塑料花，二十多块一大把。问题是，让我妈拿出近十分之一的月工资，去买一束不能吃不能穿的玩意，那纯粹是做梦想屁吃。

我妈灵机一动说，你去隔壁照相馆借借看，他们一定有。

我忐忑不安地来到振国照相馆，很不幸，道具花已经被另一个小学生借走了。老板娘去仓库翻了半天，总算又找出一束来。我向老板娘行了个队礼，捧着花，喜笑颜开地去学校了。

学校后边是一片农田，可以抄近路。我走在田埂上，风吹动我的头发。春天，油菜花盛开，远远望去一片金黄。我看见咸菜瓶蹲在地里，我就喊，咸菜瓶，咸菜瓶，你在干吗？

咸菜瓶挥挥手，朝我走过来。她的左手攥着一把鲜花，有野菊，有蒲公英，有牵牛，有太阳花，还有几支我叫不上名字，用橡皮筋箍在一起，五彩斑斓的。她的右手提着几支油菜。咸菜瓶不好意思地说，我在找最好看的油菜花。

她松开橡皮筋，把油菜插进花束，调整好位置，再重新扎起来。

我说，老师不是讲要塑料花吗？

咸菜瓶小声说，我家没塑料花……她结结巴巴地解释，全村只有两户人家有塑料花，不巧的是，这两家都有小学生，所以，她只好采一些野花来代替了。

咸菜瓶，老师会骂你的，我不满地说，你这样，是给我们班级抹黑。

咸菜瓶看看手里的花束，又看看我的，可怜兮兮地问，是不是……也差不多？

差多了，我摇摇头，说，一点都不像。

我不再理会咸菜瓶，自顾自走了。

黄潇潇也没带塑料花。黄潇潇声称，她家里的花是在上海南京路买的，拿出来容易弄脏。她大摇大摆地走到我们跟前，用不容置疑的口吻说，喂，你，抽一支给我。不行，要这支。

我们都乖乖照做了，黄潇潇一下子拥有了一束最大最好看的花。黄潇潇有资格这么做，她长得好看，还是大队长、三条杠，级别比我还高。何况这一回，本来安排黄潇潇给外宾献红领巾的，临时换成两个高年级的女生。此刻，黄潇潇正憋着一肚子的火，谁敢惹她？

我们列队集合，咸菜瓶小心地把花藏在身后，成功地避开了班主任的眼睛。大家在校门口集合完毕。外宾快到了，教音乐的小周老师走过来，指挥大家做最后的练习。她用好听的声音告诉我们，什么时候该举起花束，什么时候放下，什么时候喊口号。

这时，小周老师快步走到咸菜瓶身边，严彩萍同学，你手里拿的是什么？给老师看看。

操场安静了。如果目光是一道光，咸菜瓶的手一定要被点着了。咸菜瓶涨红了脸，嘴巴扁啊扁，好像要哭出来。

车小匪在我耳边倒计时，三，二，一，哇！

哇！小周老师叫起来，好美的花！

小周老师高高举起花束，眯起眼睛，欣赏那含苞的牵牛、怒放的野菊和饱满的油菜。她的脸上盛开着春天般的笑容。这是老师今天看见的最漂亮的花了，她大声地问咸菜瓶，一会儿活动结束后，可以送给老师吗？可以吗？

可以的，咸菜瓶用力地点头。然后她蹲下去，紧紧捂住了自己的脸。

废铁托拉斯

小学堂的后门是一片鱼塘。某天，一支施工队开了进去，鱼塘成了喧闹的工地。阿瓜在班上宣布，此处要盖一爿新公房，专门给镇政府的头头们住。

车小匪将信将疑，你阿是乱讲？

阿瓜神气地说，我听我娘说的，知道我娘是啥人？我娘是妇联主任，我的话就是主任的话，主任怎么可能乱讲，阿瓜咽了下口水，继续眉飞色舞道，等新公房造好，我家就要搬进去啦。

车小匪说，去你妈的。

我理解车小匪此刻的心情，那片鱼塘是我和车小匪的秘密据点。倒不是说我俩要偷鱼吃，鱼塘近一年来无人管理，成了野蛮小孩的乐园。我们可以肆无忌惮地捞蝌蚪、抓田鸡、摸螺蛳、打水漂。有时眼看要上学迟到，或是忘了戴红领巾，就直接从鱼塘那边翻墙进来。车小匪姓车，我姓路，因为经常在一起胡闹闯祸，班主任叫我俩“车匪路霸”。车小匪长得矮壮敦实，我则像一根蔫了的豆芽菜，两人站在一起很有喜感。与其说是拦路抢劫组合，倒更像是没头脑和不高兴。

那天放学，车小匪拍着我的肩膀说，走，捡铁去。我说，捡铁干吗？车小匪说，卖钱。

路小霸和车小匪同时遭遇了经济危机。我爸妈是做出规矩的，从不给零花钱，美其名曰“培养艰苦朴素的精神”。现在他们居然去告诫我的爷爷奶奶，不许偷偷塞钱给我，好像金钱会腐蚀我这棵社会主义的好苗苗，这等于断了我最后的财路。车小匪私藏压岁钱的事情败露了，不仅被没收了所有“赃款”，还被他娘辣豁豁揍了一顿。那些日子，车匪路霸都低头走路，指望能拾到几个钢镚。没钱就不能吃棒冰、喝汽水，也不能打街机，只好眼巴巴站在人家屁股后面看。三国志、街头霸王、合金弹头、沙罗曼蛇……阿胡子打得臭死了，三条命一眨眼死光光，可这小子有钱，阿胡子的娘是炊具厂的会计。只见阿胡子不慌不忙，从裤兜里掏出一个黄澄澄的铜板，塞进投币口，“咣当”一声，一个全新的关羽或者赵云从天而降，满血复活。我和车小匪面红耳热，恨不得把阿胡子连人带铜板一道掳走，让他娘拿一台街机来赎。

我跟着车小匪去了工地。工地没有围墙，也没见几个工人。我有点紧张。车小匪说，悄悄地进村，打枪的不要。我俩捡了十几枚铁钉，一根断了的三角铁，外加一小团铁丝，赶紧跑出来。地上有一捆钢筋，我想抽两根走，车小匪连忙说，这个不可以，让人看见会被打死的。

我俩把战利品塞进书包，沿着夏驾河一路走。过了通济桥，景色愈见荒凉。河边停靠了一艘小船，烧柴油的那种，五六米长，约一人宽，是江南常见的式样。船舱很小，只够放一把椅子，人睡觉得钻到甲板下面去。车小匪叫，老板，老板。船舱里伸出一个毛发稀疏的脑袋来。

被叫作老板的老头大概六十多了，瘦小干瘪，穿一件脏兮兮的红色毛衣，肘关节磨出两个洞。老头说，有啥货色？听口音，不像是本地人。

我俩把东西交给老头，他拿出一杆秤，鼓捣了几下，报出一个数字，几斤几两啥的。老头又摸出一只旧计算器，摁了一通，随后从裤兜摸出一叠钱，抽出两张五毛递给我们。

我高兴坏了，赚钱原来这么简单。一块钱耶，一块钱可以买两根橘子棒冰，外加两只铜板。政治老师说，土豆加牛肉是苏联的共产主义，那么现在，有了铜板加棒冰的车匪路霸，等于迈步走在社会主义幸福的大道上——嘿，巴扎嘿！

小学生有一套与时俱进的黑话系统，高兴就是巴扎嘿，好就是亚克西，发财叫肥，打架叫对开，抢一点零花钱叫拗分，漂亮的女孩叫阿诗玛，不好看的叫土琵琶，去老师办公室叫进渣滓洞，罚抄课文叫翻身农奴把歌唱。说巴扎嘿时得伸出一条腿，狠狠跺一脚地板；说亚克西要像新疆人那样耸肩，并且摊开手，两撇不存在的小胡子一翘一翘。像这样不用拗分也能肥的活计，是多么亚克西，怎能不叫人由衷地巴扎嘿呢？

车小匪回忆说，上个礼拜天他百无聊赖，沿着夏驾河乱走，手里挥舞着一截不知哪捡来的钢筋，假装是倚天大宝剑。这时，从河面飘来个声音，铁卖不卖？

卖，当然卖，为什么不卖！自从发现了这条生财之道，我和车小匪三天两头去工地。到后来，阿瓜发现了我俩的秘密。阿瓜也想加入，被我严词拒绝了。我说，阿瓜，你家够肥了，马上就要搬进新公房了，给我们无产阶级留口饭吃。阿瓜威胁道，你们现在捡的就是我家的铁，凭啥不带我去？信不信我去告诉班主任，让你们进渣滓洞，唱几遍《鸡毛信》？那时候最长的课文就是《鸡毛信》，翻身农奴最怕这个。我和车小匪没办法，只好带上这家伙。我们一般放学后潜入工地，差不多是工人的吃饭时间，除了偶尔遭到呵斥，大多数时候没人管。我们捡拾地上的铁丝、铁钉、螺帽，偶尔也有剪断的小段钢筋。我们坚持那是“捡”的，不是拿的，更不是偷的，是靠劳动换报酬来的。只不过，得偷偷地捡，工人阶级的拳头可不是闹着玩的。

收废品的老头也同意我们的看法，他说，没错，反正那些铁也没什么用处了，都是废料嘛。到后来，这老头越来越像个奸商。一大把铁，沉甸甸的，拎得都累死了，他给出一个令人瞠目结舌的低价。老头看都不看我们，转身假装忙别的事去了，意思很明白，就是这个价，卖不卖随你们。

还能怎样，还回去？还是扔到河里？那就连一分钱都拿不到啦。老头有底气，小镇上愿意收这些东西的独此一家，他做的是不折不扣的垄断生意。阿瓜看书多，他气愤地说，看看，这就叫托拉斯，废铁托拉斯。

一根橘子棒冰带来的快乐能持续五分钟，一个街机铜板则是三分钟到半小时不等，那时我们的金钱观非常朴素，都是拿钱去换时间，这让我们锱铢必较。一番死磨硬蹭、胡搅蛮缠后，大概多赚了半个铜板，成交。

我们拿了钱，一路走一路骂，死老头子，死托拉斯，赚昧心钱买药吃！等我们踏进街机房，立马巴扎嘿，刚才的不快早就抛在脑后了。

有一回，老头意外地多给了几角钱，正当我们窃喜，打算溜之大吉时，老头叫住了我们。

咳咳……那个……老头有点不好意思，你们谁家有旧课本，一年级的？

我们表示，对用过的课本并无留恋，早不知道扔哪去了。老头现出失望的神色。阿瓜问，老板，你要课本干吗？

嗐，还不是为了她……老头转过身去，招呼道，妮妮，过来吧！

我们这才看见，船舱口露出半个小脑袋，一对黑眼睛正好奇地朝这边张望。是个六七岁大的小姑娘。

小姑娘梳两根小辫子，皮肤黑黑的，脸上有两坨红，脚上穿一双粉色塑料拖鞋，鞋有点大，不知是从哪收来的。听见老头叫她，小姑娘不好意思起来，扭捏了半天，躲在老头身后。

车小匪问，老板，你孙女啊？她爸妈呢？

唉，老头神色黯然，说来话长了。

老头有个独生儿子，前些年打伤了人，进了牢房，儿媳跟人跑了，丢下这个叫妮妮的小姑娘。老头的老伴走得早，他就独自一人，拉扯妮妮长大。

老头花了一辈子的积蓄，买条旧船，四处收废品，妮妮一路跟着他，还学会了在船上生炉子做饭。本来今年到了上学年龄，学杂费一时凑不出来，老头想，还是先出来赚点钱，明年再上吧。

一想到老头克扣我们是为了给妮妮筹学杂费，就觉得他不那么可恶了。

我们挥挥手说，妮妮再见。

妮妮学着我们的样子挥手，奶声奶气地说，再见，再见。

除了废铁，老头几乎什么都收，破轮胎，旧报纸，过期杂志，断脚的家具，坏掉的门锁，不能用的电器。老头手巧，会自己动手做玩具。一截细铁丝，几个啤酒盖，在他手里捣腾几下，就成了一辆惟妙惟肖的小三轮车，轮子还能转弯。几张彩纸，一个旧轴承，能拼出一个小风车，迎风呼啦啦地转，惹得妮妮大呼小叫。妮妮的一身衣服都是旧的，倒是从来不缺玩具。有时，我们在路边抓到一只螳螂，或是一个好看的金龟子，也会装在玻璃罐里，带给妮妮玩。

那天放学，我刚走出校门，街对面站着一个小小的身影，看着有点眼熟。咦，这不是船上的妮妮吗？她看见了我，赶紧跑过来，小手轻轻拉住我的衣角。

我问，妮妮，怎么了？

车小匪蹲下来，妮妮，哪个欺负你了？

妮妮的眼睛红红的，刚哭过的样子。她抽抽搭搭地说，爷爷被打了……躺在地上……

等我和车小匪、阿瓜他们赶过去，老头已经自己站起来了。地上一片狼藉，老头的衣服被撕破了，眼睛青了一块，脸也肿了。

下午来了几个男人，自称是建筑工人，说老头怂恿学生偷工地的铁，要他赔钱。老头不肯，对方就动了手。混乱中，小姑娘跑了出来。想来想去，镇上也不认识谁，稀里糊涂跑到学校门口，搬几个小学生当救兵。

老头气呼呼地说，他们哪是工地的人，就是过来讹几个铜钿。

我们低头不说话。不管是不是真的工人，这事因我们而起，多少是心虚的。

老头叹气，这镇子看样子是待不成了，明天得换地方。

啊，必须得走吗？想到以后没地方捞外快了，我们慌了神。

我们吃水上饭的，船到哪里，人就到哪里，没有停下的道理。你们啊，老头感慨万千，还是你们够意思，特地跑过来帮我。

我们不好意思起来。本来嘛，也没帮上什么。

老头指着地上一堆沤湿的纸页，痛惜地说，这些都是我从废纸里挑出来的，打算教妮妮认字，给她讲讲故事的。你看看，都给他们扔到水里。

我们各自跑回家，翻出所有的小人书、童话书、画报，还有些幸存的旧课本。阿瓜捧出一整套的《七龙珠》，我眼睛都直了，平时我跟他借，这家伙小气得很，每次只肯给一本，还要写借条。我们吭哧吭哧把书搬到老头那里，累得像狗一样喘气。

老板，这些是送给妮妮的。

老板，你可别当废纸卖了。

老板，明年说什么也要让妮妮上学啊。

老板，再穷不能穷教育。

我们七嘴八舌地搬弄那些听来的话，把自己都感动了。

老头的眼眶有点潮，说好好，都放着，放着吧。

第二天放学，我们再去河边，那条船果然不见了。

糖枇杷

小学堂的北边有块地，是政府批给米兰克的。九几年时候，谁不知道米兰克，那是一家大型中日合资服装企业，也是小镇招商引资的重头戏。上至县政府，下到村支部，对此高度重视，张罗了好几年。我们小孩子对米兰克比较有好感，上次几个日本人来小学堂，当场送了一架雅马哈牌钢琴，之前我们上音乐课都是用那种踏板式的木风琴。这一回，米兰克正式开张剪彩，学校广播宣布，周五下午停课半天，三年级以上的都去。不知谁放出消息，说每个参加剪彩的小学生都能领到一罐可口可乐，就是电视广告里那个“挡不住的感觉”。要知道，小卖部卖的是一毛五分一瓶的自制橘子水，顶多是三毛一瓶的正广和盐汽水，谁喝过这么高级的东西。大家都欢欣鼓舞，热烈期待周五的到来。

我们的教室在三楼，能看见米兰克的那块地。第一年，水稻田里挖出几个大坑，第二年，坑上盖起了气派的厂房。听说那边的农民都转了城镇户口，搬进镇上的楼房，还能优先安排进厂——年轻人当流水线操作工，年纪大的搞清洁或者当门卫。人人喜气洋洋，让那些没能“划进”的人眼热不已。连拆迁户家的小孩子也是神气活现，“村里囡”摇身一变，成了“街上囡”。他们嘴里叼着汽水，兜里揣着街机铜板，得意洋洋地在街上走——每家都分到一笔不菲的补偿款，爹娘一高兴，给零花钱也阔绰了许多。

小阿跷就是这样一个“新街上囡”，照理说，他应该高兴才对，这几天却有些愁眉苦脸。对那些远道而来投资建厂的日本人，小阿跷的感情是复杂的。小阿跷并不瘸，他的爷爷老阿跷才是脚高脚低。小阿跷刚上小学时，老阿跷来接过他几回。一老一小走在路上，围了一大群起哄的坏学生。他们夸张地学着老阿跷的样子，奋力拖着一只脚前行。还有人唱起了歌——

阿跷，阿跷，
你为什么跷，
因为你的屁股有大小。

从那以后，小阿跷情愿一个人走七八里地回家，也不要他爷爷来接了。

镇上人都知道，老阿跷年轻时挨过东洋人的耳光，还差点被扔进监狱。因为这个历史原因，小阿跷看待问题的高度明显跟我们不一样。小阿跷对我们讲，东洋人最坏了，说是办厂，天晓得在搞什么鬼。我们说，小阿跷，你有骨气，那你不要去参加剪彩好了。小阿跷咬牙说，去，干吗不去，多一个人就多分一罐可乐，不能便宜了东洋人。

我回家告诉爷爷奶奶，米兰克要开张了。我奶奶说，不知道老德的糖枇杷弄得怎么样了。

这几个月，老德三天两头往我爷爷家跑。老德是小德的爷爷，小德是我的同班同学。事情还得从米兰克讲起。中日合资双方谈判时，日方代表里有个老头子，叫高木一郎，是侵华日军的老兵，曾驻扎菉葭浜，龙王庙前站过岗，菉葭浜就是现在的菉溪镇。老头子重回故地，专门去了保国亭，在抗战纪念碑前鞠躬谢罪，县里的报纸还报道了一番。采访时，老头子对记者说了句，菉葭浜的糖枇杷很美味。就是这句话，让小镇上下忙了个鸡飞狗跳。好不容易找到了老德，认定他是糖枇杷工艺的传人。几个宣传科的小伙子小姑娘围着老德转，一口一个“老师傅”，请他“大局为重”，重新出山，再做一批糖枇杷，作为剪彩时中方的礼物。老德耳根子软，百般推脱不过，只得接下这“光荣而艰巨”的任务。

我奶奶说，糖枇杷是“盛源兴”的金字招牌。盛源兴是菉葭老街一家糕点铺的名字，经营桂花糕、云片糕、定胜糕、梨膏糖、青团子、芙蓉糕、芝麻饼等各类点心，以糖枇杷最为出名。糖枇杷貌不惊人，大小像蚕茧，洒了糖霜，入口香甜松脆，略带酸味，回味无穷，据说做过慈禧一朝的贡品。反正我是没吃到过。我奶奶说，糖枇杷的制法秘不外传，老德是当年盛源兴的伙计，也只是模模糊糊摸到一点门道，关键工序都是掌柜的亲自把关。那几年运动，拆龙王庙，填鹤塘浜，盛源兴也倒了霉，掌柜夫妇下落不明，没留下秘方啥的，即便有，也是一钱不值。改革开放后，老街几家糕点铺先后打出“菉葭浜糖枇杷”的牌头，没一家对路。我奶奶说，做糖枇杷得过五关：糯米浸泡关、酸米臼碾关，手粉配料关、发酵制作关、油炸拌糖关。道理人人晓得，细节才是关键：发酵到几分，油炸至几成，盐和糖的搭配，糯米粉与麦芽糖的比例。更有人传言，盛源兴的糖枇杷之所以独树一帜，是因为原料里添加了独门配方，那就更讲不清楚了。

盛源兴打烊后，老德在国二厂（县国营第二碾米厂）当装卸工，由此认识了我爷爷，几年前退了休。老德有糖尿病，吃不得甜食。他听我爷爷讲，我奶奶年轻时最爱吃盛源兴的点心，尤其是糖枇杷，所以一次次地跑来，送上刚出锅的糖枇杷，请我奶奶品尝。像个身残志坚的盲人书法艺术家，自己的作品怎样，别人说了算。几次研发不成功，老德开始后悔。老德说，别看这小小的糖枇杷，做好了是理所应当，做不好，就是破坏中日友谊，破坏经济发展。也活该自己倒霉，一时头脑发昏，揽下这么个事。

我爷爷说，好事。

老德说，好个屁，到现在都有人戳脊梁骨，说我拍日本人的马屁。

我爷爷问，真做不出来？

老德说，真做不出来。

我爷爷说，那就别干了。

老德苦笑说，我倒是想，可我的独养儿子在电影院上班，属于事业单位，我撂挑子不干，我儿子就要吃批评，扣奖金，就没办法转正，媳妇就要跟他离婚。你说我怎么办。

周四晚上，老德又来了。我奶奶还是摇头，模样是像了，甜度和脆度也刚刚好，就是吃进嘴巴的感觉不对，一口咬下去是沙的，容易噎。老德说，去他妈的，老子不管了，就这样吧。再说，都这么多年，估计高木那老鬼子也吃不出啥来。

第二天早上，小阿跷和小德吵了起来。小阿跷说，我爷爷是抗日英雄，他的脚是在战斗中负伤的，属于光荣挂彩。小德冷笑说，骗鬼呢，我舅婆就是你们村的，老一辈谁不晓得，老阿跷小辰光发过一场高烧，病好之后就瘸了，那时还没日本人呢。小阿跷嘴硬道，那我爷爷也是抗日的，东洋人太凶，没办法，吃到两记耳光。小德说，笑死人了，我舅婆说，那回是龙王庙庙会，几个日本宪兵在桥头站岗，刚好里头也有个瘸子，以为老阿跷在学他的样，一声八格牙路，上去两记耳光，啪啪。小阿跷说，小德，你有啥资格瞎讲我爷爷，你爷爷还跑去宪兵司令部呢，给日本人送点心。小德涨红了脸，大声说，店里的生意，又不是我爷爷要去的，再说了，我爷爷那叫打入敌人内部，搞情报去，情报懂吗。小阿跷说，情报个屁，那现在呢，现在搞啥情报？两人扭打作一团，好不容易才被拉开。小德流了鼻血，小阿跷额头上肿了个大包。两人各自趴在桌子上，呜呜地哭了。

午饭后，我们早早地列队，来到米兰克大门口，等候外宾的到来。老德和镇政府的干部们站在一起，一身簇新的西装，戴着红领巾，手里拎只塑料袋，一脸的庄严正经，看上去有一点好玩。

在我的记忆中，那是一次盛大无比的欢迎仪式，人声鼎沸，鞭炮齐鸣，鼓号队奏起了《友谊地久天长》，六百多名小学生集体出动，挥舞着塑料花，喊着整齐划一的口号——欢迎欢迎，热烈欢迎。外宾姗姗来迟，款款而至，微笑着挥手致意。我站在人群中，没看见老德和高木的历史性会晤。后来听我爷爷说，高木压根没来，几周前他中了风，是他的助理接过了老德的塑料袋。当天晚上，老德又到我爷爷家，送来一包糕点，说是高木先生让助理带来的日本特产，大部分进了我的肚子。其中有一款，我奶奶说，味道还挺像糖枇杷的。

澡堂

小镇卫生院有澡堂，烧锅炉的那种。在八十年代，这算得上是一种福利。

从前没有。镇上的居民，习惯了在家洗身体：煤球炉上咕嘟咕嘟烧一壶水，门窗一关，塑料布一围，随意擦几把，算逑。洗头要另烧一壶水。一九七九年后，小镇陆续来了些上海知青，不少是卫生院的医生，“群众呼声很大”。于是专门拨款建了这座澡堂，还聘了个锅炉工。每天下午四点，澡堂准时开门，一直开到热水用光，拉倒。

男人洗完澡，风里抽一根烟，等女人。要过很久，女人才端着脸盆出来，脸蛋红扑扑的，湿漉漉的头发贴紧雪白的后颈。男人摁掉烟头，跟在女人身后。塑料拖鞋踢踢踏踏，慢慢悠悠荡回家。

澡堂的设施只能用简陋来形容，水泥地，白瓷砖，换下的衣服直接扔在长椅上。装莲蓬头是后来的事，当初是铸铁水管，滚烫的水柱笔直地砸在脊柱上，像挨了一拳。男澡堂有个水池，只在夏天蓄水，男孩子闭着眼，捏着鼻子，缩成一团往下跳。“扑通”一声，溅起巨大的水花。

有一阵，锅炉工忙着谈恋爱，水温也跟着阴晴不定。恋爱进展顺利，放出的水滚烫，叫人洗得酣畅淋漓；恋爱不顺，水也温吞，不到六点半，热水几乎没了。晚来的人一边哆哆嗦嗦地洗，一边咬牙切齿地骂娘。某一回，澡堂干脆关门三天。大家猜测，八成是锅炉工被人家甩了。几个老阿姨叹息着，七嘴八舌，要给锅炉工张罗新的对象。

原则上，澡堂只对医院职工和家属开放。锅炉工烧完锅炉，拉一把藤椅，坐在门外拦人。外单位的人想来洗澡，得请医院的朋友带着，递上一支烟，说几句客气话，也就进去了。有一日，素来凶悍的班主任“母老虎”摸着我的头，笑眯眯地说，你们医院的浴室不错。回去跟我妈一讲，我妈心领神会。往后每个周六下午，我妈都和班主任结伴去洗澡。于是我遭了殃——两个女人家，总要聊些什么吧。班主任便把我那些破事——上课讲话啦，调戏女同学啦，逃避值日啦——添油加醋，娓娓道来。我妈回到家，像个京剧武生那样哇呀呀呀呀地叫，到处找趁手的兵器。刚洗完澡，筋骨疏通，血液顺畅，下手也就格外毒辣。

澡堂是个众生平等的地方。院长，副院长，科室主任，刚来的实习医生，统统脱得一丝不挂，有时还互相搓个背。场面毫不尴尬——都是医生，见多识广，对肉身有比较高的觉悟。只是在孩子眼里，还是不免要比较一番。健壮的、瘦弱的、年轻的、衰老的肉体，一具具，像生命的切片，赤裸裸地呈现出生老病死。那是我最早的生命教育，比半夜救护车的鸣笛更具体，比重症病房的号哭更直白。

最早，是爸妈带着去洗。三单元的小黑皮很有名，据说他六岁时，他妈妈还带他去过女澡堂。后来我们一帮坏小孩围着他，恶狠狠地逼他回忆，到底看到了啥。长大一点，就自己端着盆去澡堂。有一阵我迷恋街机，常常是冲到澡堂，脸盆往架子上一放，直奔街机房。三国志、街头霸王、合金弹头……玩得不亦乐乎。半小时后奔回澡堂，换上干净衣服，回家。我妈一端详，小畜生的脸是油的，手是黑的，头发顽强地保留着起床时的造型，耳朵下一摸，搓出一根泥条子。我妈大怒，除了痛心于我的自甘堕落，还因为她一会儿得多洗一套衣服。我爸及时递上了“凶器”，耳语道：速战速决，小畜生一会儿还有篇作文要写，题目是“记难忘的一天”。

那个时候，男孩挨打是家常便饭。父母的爱和恨都来得暴烈。而我们，小小的男子汉们，有了最初的自尊心，咬紧牙关，像课本里的革命志士一样一声不吭。忍，忍，终于受不了，嚎，崩溃，叛变革命，痛哭流涕地承认错误。第二天上澡堂要注意遮掩。小伙伴见了会坏笑，竹笋烧肉味道好吧？

一个暮春的傍晚，空气中弥漫着淡淡的洗发水味道，我在澡堂门口遇见隔壁班的女孩。她刚洗完澡出来，一缕湿发搭在额头，眼睛黑亮，皮肤白里透红，有一种不同于平常的明艳动人。我每天上学都看见她，却从未意识到她有多美。目光交错的一刹那，她抿嘴笑了笑，随即低下了头。那天，男澡堂只有我一个人，我把所有的水龙头都打开。滚烫的水流猛烈地冲刷着我的躯体。热气蒸腾，我闭紧眼睛，大声唱着跑调的歌。

电影院

镇上有一座电影院，离我家不远，穿过一条马路就到。那时候，它是全镇最辉煌的建筑。我爸说，六六年开大会，六九年欢迎下乡知青，七六年庆祝“四人帮”倒台，八十年代“严打”公审大会，都在那里。

设施当然是简陋的，水泥地面，木质座椅，翻起来噼里啪啦响，坐久了硌屁股。壁灯大多是坏的，也没人修。有主席台，领导讲完话，或者文艺演出完毕，桌椅话筒拖入后台，幕布一拉，就可以放电影。工作人员来回跑，地板咚咚响，像个空心的瓜。有一个小卖部，卖三角包的葵花子、拷扁橄榄、瓶装汽水、切段的紫皮甘蔗。一场电影结束，满地的瓜子壳和甘蔗皮。

据说我爸抱着襁褓中的我看了五遍《少林寺》，我完全没有印象。我爸回家后兴奋地手舞足蹈，说等我满五岁就送去少林寺学武，被我妈臭骂一顿。

我在电影院演出过，那是我妈的荣耀时刻。我上幼儿园的时候，我妈给我买了一架卡西欧电子琴。镇上找不到老师教，好在当时电视台有一档教小朋友弹琴的节目，我妈就陪着我一起学。几个月后，我居然能弹出几首完整的曲子。我妈的想法是：先让我自学个两三年，然后每个周末去上海找老师辅导，再砸锅卖铁换钢琴，全家举债供我考音乐学院。后来我第一次去上海找老师，回来后大病一场，这茬就再没提。

我妈至今珍藏着发黄的节目单——菉溪镇一九八八年元旦文

艺汇演，我的节目是电子琴独奏《洋娃娃和小熊跳舞》，排在第六位，夹在少儿诗朗诵《我们的祖国是花园》和二胡独奏《金蛇狂舞》中间。我脸涂两朵，眉心一粒，昏头昏脑，慌慌张张地上了台，咚咚咚直奔电子琴，后台传来一声怒斥——鞠躬！我差点跌一跤，退回去再鞠躬，耳边响起哄笑声。忘了是怎样弹完的，只记得台下密密麻麻的人头——前排坐着镇上的领导和学校的老师，笑容比较可掬，后排则隐没于黑暗中。掌声照例是有的，松松垮垮但不失礼貌。整台节目，我印象最深的是一个跳霹雳舞的男青年——据说模仿的是当时大红大紫的费翔。

上小学了，学校每学期都要组织两三场电影集体观摩。全年级的男女生排成两路纵队，手拉手一起走，像羊群漫过青石板路。到了电影院，排排坐好，先看一部科教片，防火知识、远离毒品、工业成就、科学养蚕，或是重要领导人的生平，接下来开始放香港武打片。多年后我发现，香港经典武侠电影几乎一部不落地看过，从《笑傲江湖》到“黄飞鸿系列”，从《少年方世玉》到《火烧红莲寺》，从《新龙门客栈》到《新少林五祖》，当然，烂片也看了不少。第二天上学，男同学书包里藏了自制的三叉戟和双截棍，在走廊里演练虎鹤双形。女同学叽叽喳喳，讨论关之琳好看还是李嘉欣好看。我记得早年有一部《鹰爪铁布衫》，大反派一身横练功夫，刀枪不入，唯一的命门在裆下。最后的决战，两位少侠伸手探入反派腿间，此刻的镜头，是两只手握住两个鸡蛋，手指发力，蛋黄飞溅。我反应比较迟钝，对此一直心存疑惑：这老头藏俩生鸡蛋干什么？鸡蛋捏碎之后，为何会无力地倒下？

到了初中，不再排队了，上半天课，下午看电影，最后一节课在班里发电影票。男同学互相换票，偷偷摸摸，或者明目张胆，为了坐到喜欢的女同学身边。有时明码标价：一般好看女同学旁边的座位，价值十根橘子棒冰或五个游戏机铜板，班花则翻倍；有时则需要大打出手，动用武打片里的那些招数。有时换一次票即可，有时要两次、三次，曲线救国——想要的票在谁手里，他喜欢的女孩又是谁。女生面露娇羞或者不动声色，像静待公狮决斗结果的母狮。好不容易换到票，兴冲冲跑去一看，身边坐了个痴胖的姑娘——人家也换座了。其实，就算坐在心仪女生的身边，也不能做什么。十四五岁的男生，常常紧张得说不出话，那就不说话好了；不好意思转头看她的脸，那就不看好了。灯光黯淡下来，像做梦一样，此刻，再粗野的男生，心里也是温柔的。鬓角如丝，吐气如兰，同她一道沉入黑暗中。

坐救护车去上海

我妈在镇上的卫生院上班，院里有辆救护车，碰到危重的病人，就送县人民医院，再重一点的，直接送上海。那是八十年代的事了。司机姓姚，跟我妈一样，也是上海知青，大家叫他姚师傅。一开始，姚师傅一个人开车，等于没有下班时间。半夜来了病人，说走也得走。好几次，我家正吃着晚饭，听见救护车长长的笛声，我妈就说，不知道是啥病人呢，过了一会，又说，姚师傅大概是吃不成饭了。

几年后，卫生院又买了一部救护车，增加了一名司机，姚师傅的工作就轻松一点。从那时起，院里多了一项福利——用救护车送职工（及家属）去上海。一般情况，去上海得换三四部公交，风里雨里，辛苦得很。救护车直达，还能省下车票钱，大家都说，谢谢院长，院长有良心。

头一回享受坐救护车的待遇，是在我七岁那年。车次不定期，大致两三个礼拜走一趟。发车时间一般在周日的早晨，下午再开回来。（当时还没有双休日）那天我和我妈起了个大早，拎着大包小包出了门。天蒙蒙亮，救护车停在路边，好几个人已经等着了。后厢拆掉担架，两边可以对坐八人，副驾还能坐一个。临开车时，我爸追上来，塞进一只刚从菜场买回的大白鹅。有人笑说，路老师不陪老婆一起啊？我爸挥挥手，骑上车走了。

开车了，救护车驶上国道。在我的印象中，这条国道好像永远在修，永远都修不好。窗外是农田和工厂，远处有炊烟升起。

渐渐地，商店和路上的行人多了。当车过江宁路桥，看见桥下宏伟的造币厂，我就知道，外婆家不远了。

不单是上海人坐，本地的职工也不时搭个便车，去上海兜兜马路，买点东西。小腊梅坐在我妈对面。她新婚不久，经常约几个小姐妹搭伴去上海买衣服和零食。一路上，大家说说笑笑，时间很快过去了。车停在南汇路上，往西是静安寺，往东是人民广场，去哪都方便。姚师傅熄火，说了声发车时间，一般是下午四点。大家谢过，各自散了。

外婆家离南汇路不远，走几分钟就到了。经过灶披间时，我看见外婆正弯着腰炒菜，空气里弥漫着油煎带鱼的香气。我叫，外婆。外婆回过头说，乖囡，先去楼上坐着吧，一会儿就吃饭了。

午饭后，我睡午觉，我妈跟外公外婆、两个舅舅在外间聊天。碰到天气好，大家就一起逛静安公园。三点半一过，就要准备归程了。一日之内，景物变换，像白日梦。对我妈来说，上海就是一场梦。她十六岁插队，去淮北农村“战天斗地”。无数次的，她想回到那个梦里。外婆抢过行李，板着脸说，好了好了，又不是不来了，哭彻乌拉（哭丧个脸）做啥。说着，自己的眼圈红了。

小腊梅讲，上海也没啥了不起，不就是街宽一点，店里的衣服多一点。大家都笑，都知道，下回跟车没准还有她。要过很多年后，我才知道，人总是这样，熟悉了，就觉得没啥稀奇。要相处得久一点，再久一点，才会生出亲切和依赖。救护车开出市区，一车的人沉默着，打着盹，或看着窗外的风景，想心事。我想，这漫长的一天终于快过完了呀。我等不及回家看动画片了。

有一年除夕，我跟我爸我妈一起，坐上姚师傅的救护车。小腊梅没来，一车人都是回上海过年的。听说昨天前天走了两拨，我们是最晚的。车开到地方，我爸递上一支烟，说，姚师傅，辛苦了。姚师傅接过烟，笑笑说，没啥的，习惯了。我这才想到，姚师傅一会儿还得把空车开回去，再转公交车回来。一个人。年年如此。

出走

初一那年，我离家出走了。

这是一次有预谋的出走，原因很简单：我厌倦了当一个好孩子。

我对着镜子，忧伤，沮丧，无可奈何。镜子里的自己，长着一张平庸无奇的脸：瘦弱，白净，戴金丝眼镜，一看就是个百无一用的书生。我学着海报里克拉克·盖博的模样，耸起抬头纹，或者咬住一支铅笔当雪茄，怎么都不像有女人喜欢的样子。我无数次地比划，这里，对，就是这里，鼻梁到腮帮，一条刀疤劈下来，那该多好。

更要命的是，进入初中后，我妈对我的管教愈加严格。蒋方方来找我玩，我妈说，路小霸要写作文的。黄潇潇来找我玩，我妈说，路小霸要学英语的。到后来，谁也不来找我玩。他们说，路小霸好可怜的。

十三岁的少年，两点一线，写不完的作业，却渴望像草莽英雄那样揭竿而起，像江洋大盗那样行走江湖。

那天的早饭是稀饭和白煮蛋。我吃完稀饭，把白煮蛋揣进书包里，又从碗橱里拿了一只冷粽子。背上书包，右手插在裤兜里，紧紧攥着两张皱巴巴的钞票，一张五块、一张十块。钱是昨天问爷爷要的，理由是买学习资料。

出门，沿老街一直走，前面有一座石桥，过了桥就是中学。我走过桥头，卖卤豆干的阿婆抬头看了我一眼。带着做贼心虚的快感，我快速穿过一片旧街巷，来到了小镇的尽头。

镇的北边是村庄，大地在我眼前徐徐打开。春天，油菜花盛开，三两农人在田野里劳作。我走在田埂上，呼吸着新鲜的空气，一股悲壮感油然而生。你看，我自由了。我将浪迹天涯，永不回头。像格瓦拉走向丛林，像贝吉塔走向那美克星，像小小的十二月党人走向他的流放地。世界如此辽阔，而我是孤独的。意识到这一点，真是让人又心酸又骄傲。我不由得想起了高尔基的《童年》，狄更斯的《雾都孤儿》，以及日本动画片《咪咪流浪记》。我情不自禁地唱起来：

落雨不怕

落雪也不怕

就算寒冷大风雪落下……

接下来的歌词我不好意思唱出来，什么“我的好爸爸”，“我要我要找我爸爸”，一律用“啦啦啦啦”代替了。

我没去找爸爸，我爸来找我了。

中午的太阳白晃晃，我坐在田埂上，吃完了白煮蛋，正在剥粽子。我爸骑着自行车，悄无声息地靠近。发现得太晚，逃跑已绝无可能。我爸是高中部老师，对我的动向从来了如指掌。嗯，一定是班主任老木头跟他讲我没去上课，然后卤豆干阿婆泄露了我的行踪。

我爸停住车，摸出打火机，半靠半坐在后座上，点了一支烟。抽了几口，他摁掉烟头，说，走。

我要我要找我爸爸
去到哪里也要找我爸爸
我的好爸爸没找到
若你见到他就劝他回家……

我爸推车走在前边，我垂头丧气地跟在后面。谁也不说话。快到学校时，他开口了。

我跟老木头打过招呼了，说你身体不舒服，请半天假。

我说嗯，低头往校门里走。我爸叫住了我。

钱交出来。

什么?

跟你爷爷要的钱。

十五块钱，相当于三十根雪糕，五十个游戏机铜板，一百五十只甩炮，说没就没了。我欲哭无泪。

我爸有点得意，这点小花招，哼哼，还能瞒过我……期中考到年级前三，我就不告诉你妈。

他抽出那张五块扔给我，剩下的十块钱塞进上衣兜里。一甩腿，骑上车走了。

稻田

小顺咽不下这口气。

事情是这样的，早上数学课，小顺被老木头叫到黑板前，算一道三角函数题。小顺昨晚跟阿胡子他们“押二八”去了，作业都是一早来学校找尤面筋抄的，自然做不出来。小顺就站在黑板前面晃。老木头气极了，给了小顺脑袋一记爆栗。小顺颈骨缩了一下，又不是第一次挨老师打，无所谓，何况老木头力气小，其实不太疼。老木头姓穆，五十多岁，干瘪得像一截枯木头，要不是偶尔戴上一副老花镜，跟地里的老农民没啥区别。事实上，老木头回到家里就是农民。老木头的家在小镇西北边的孔巷，虽说早就“农转非”，吃上了商品粮，家里还有两亩半水田需要他照料。有几次老木头来上课时，裤腿很不像样地卷在小腿上，像刚下地回来，惹得坏学生们窃笑不已。

小顺还在晃，老木头叹气，烂泥扶不上墙啊。这句话是用菉溪镇土话念出来的，更能表达老木头此刻的痛心疾首。老木头的普通话不太标准，除了教育局来人听课，他会穿上西装，勒紧领带，面红耳赤地讲上一节课的普通话，平时都用土话上课。九十年代的小镇，除了几个上海知青子女，基本没有外来人口，大家都听得懂。小顺咧嘴笑了笑，一副死猪不怕开水烫的样子。老木头越发生气，说，你还笑，你还笑，你娘坐在水果摊上哭呢。

全班哄然大笑起来。张毛豆笑得最响，额头上的筋都暴出来了；王芋艿趴在桌上，用手捶桌面；阿胡子滚到桌子底下去了。

小顺没想到老木头会来这句，一时慌了阵脚，脸都涨红了。大家都知道，小顺娘从纺织厂“买断”后，就在老街租了个门面，摆了个水果摊，卖些廉价水果。当年大家缺乏健康概念，水果摊的生意并不太好。烂掉的水果小顺娘自己舍不得吃，就用小刀剜去腐坏的部分，给小顺吃。到后来，小顺闻到霉橘子烂香蕉的味道就要发呕。小顺想，准是老木头骑着他那辆“老坦克”经过老街时，娘叫住了他。穆老师，穆老师，娘怯生生地问，那个，我家小顺最近表现怎样？还能怎样，小顺知道，每回老师告完状，娘就深深地低下头去，老师你说得对，老师你多费心，然后痛骂小顺的不像话。娘说，啊，我一个离了婚的女人，带着小囡过，多少苦恼，人家要给我介绍男人，我怕后爹对小顺不好，一直都不答应的，我多少苦恼……讲着讲着，掉下几滴泪来。通常这时，老师会低头看一眼手表，说啊呀上课来不及了，飞腿上车走人。小顺的娘赶紧跑回摊位，抓起一把黄岩蜜橘或一只砀山梨，反身去追自行车，有时要跑出十几米，才能把她的心意丢进车筐里。小顺昨天跟娘说，我不读书了，反正也读不出来，我去镇上的合资企业打工，做到小工头，赚的不比老师少。娘说，打工要有初中文凭，你看看你，一副吊儿郎当的模样，哪家厂敢要你，你去混“青龙帮”算了。娘说着，眼眶又红了。小顺心里烦，摔了门，找阿胡子他们去了。

小顺知道自己不是读书的料，一直走的是浪子路线。他经常豁开校服，一个人趴在走廊上吹风，做冷漠忧伤状。风吹动小顺的头发，他觉得自己帅极了，像香港电影里的杀手一样。在小顺的想象中，自己就是个蛰伏在小镇上的杀手，是一柄裹在校服里的刀，身怀绝技，冷酷无情，有一天他会带着对某个女人的思念浪迹天涯。结果今天老木头来了这一句，小顺的杀手设定瞬间崩塌了。哪个杀手的娘会卖水果？小顺恨恨地想，不管娘哭没哭，老木头把这件事当众讲出来，是不对的，并且还强调了“水果摊”三个字，增强了喜感。这下好了，娘成了笑柄，他小顺也成了笑柄。

吃过中饭，小顺去楼下四班找汤司令吹牛皮。小顺跟汤司令其实没那么要好，他天天来四班报到，是为了看桂英。小顺吹的那些牛皮，什么一下午钓了一桶龙虾啦，“押二八”连赢二十多块啦，劈风掌练到第七层啦，都是讲给桂英听的。桂英坐在汤司令的前排，是小顺小学时的同桌。桂英脾气好，小顺当年经常拿她的作业抄，还抢她的自动铅笔和彩色橡皮，把桂英气哭过几次。进了初中，桂英蹿了个子，越发出落得山青水绿。小顺想，他妈的，当初怎么没觉得桂英好看呢。小顺又想，等自己拿到初中文凭，先去合资企业打几年工，攒一点钱，然后就把桂英娶回家，让她管自己的娘叫娘。桂英家也是孔巷的，跟老木头一个村。照理说，小顺是街上囡，桂英是村里囡，有一点优越感才对，但小顺不在乎，小顺是个重感情的人。

汤司令看见小顺走过来，挤眉弄眼地说，你娘不哭了哇。小顺脑子一热，朝汤司令脸上挥了一拳。两人滚在地上扭打起来。混乱中，小顺听见桂英的尖叫。小顺被几个男生架开，鼻血淌到地上，汤司令的左眼青了，脸上有血迹，不知是自己的还是小顺的。小顺本来还指望桂英不知道这回事，现在他明白，不可能，汤司令肯定听说了，并且在桂英跟前添油加醋过。汤司令这个人，哼。小顺本该干净利落地解决掉汤司令，可汤司令不是阿胡子，不是小德，汤司令十五岁就长到一米七五,一身的腱子肉，咬肌发达，抗击打能力极强。今天要不是两人被及时拖开，小顺是要吃亏的。小顺走的时候低着头，不敢看桂英一眼。

此刻，小顺躺在床上“翻大饼”。换在从前，小顺要是挨了骂或是挨了打，会去拔老师的气门芯。但这次不一样，拔个气门芯显然不够解恨，最直接的办法是把老木头打一顿。小顺被“打老师”这个念头吓了一跳，转念一想，自己将来是做大事的人，不该拘泥于小节。只是，一旦动了手，小顺肯定会被开除，开除就拿不到文凭，拿不到文凭就不能去合资企业打工，娘就哭得更伤心了。小顺开动脑筋，觉得唯一可行的办法是偷袭，在老木头背后来那么一下，直接打晕过去，然后迅速逃离现场，香港电影里都是这么干的。小顺想，学校里人多，下手不方便。他决定去老木头的村里。

第二天是礼拜六，小顺睡到很晚，起床时娘不在家。小顺喝了一碗冷掉的绿豆粥，骑车去了孔巷。小顺对去孔巷的路很熟，他曾经偷偷跟着桂英，看她骑车进了村。正是六月上旬，太阳暖暖地照着，水稻抽了穗，长到半人高，地里有三两个农人。远处有人背一只塑料桶，裤管卷到膝盖上，毛巾蒙了口鼻，在给水稻打药的样子。从身形和走路的姿态判断，那就是老木头。

小顺停下自行车，躲在灌木丛后面观察了一会儿。他从书包里掏出半块红砖，捏紧了，悄悄下到田里。老木头正背对他，浑然不觉。小顺的计划是，埋伏在老木头的打药路线上，等他靠近了，跳起来就是一砖头。实际操作起来有困难，水稻倒是够密，可惜不够高，小顺只好趴在地上，像一条僵死的蜥蜴。小顺有点懊恼，早知道应该穿一身绿衣服来的。小顺贴紧地面，闻到一股刺鼻的气味，是老木头刚喷过的药。四周静极了，听见蛐蛐在叫，喷雾器一下一下地响。小顺知道，等老木头走到这块地的尽头，就会掉转过头，朝自己这边走来。等了很久不见动静，小顺小心翼翼地抬起头，张望了一下，嘿，这老家伙，不专心喷药，在跟另一个农人讲闲话呢。

阳光直射地面，热气蒸腾起来。小顺的额头渗出了汗珠，一粒粒滚落到土里，他觉得心跳得厉害，握砖的手也不自觉地抖起来。小顺估摸着下手的力度，越估摸越觉得没把握。小顺打过群架，也跟人单挑过，一对一时基本没落过下风，最辉煌的履历是单枪匹马打退了两个来“拗分”的职校生，就是从来没有拍过人。拍重了，小顺得吃官司，讲不定还会被枪毙——他想象不出，他要是被枪毙掉了，娘坐在水果摊上，是嘤嘤地哭，还是哇哇地哭；拍轻了，会被老木头认出来，然后被学校开除，他只好去县城找“青龙帮”，从马仔当起，跟着大哥砍人，看场子，收保护费，总有一天也要吃官司，或者被砍死在大街上。小顺有点后悔，好好的礼拜六，不去打街机，不去“押二八”，大老远跑来跟一个老头子过不去。香港电影里常说，干大事要忍，看来他是没忍住。其实老木头对他不错，别的老师早放弃他了，只有老木头还一次次叫他上黑板，幻想着要拉他一把。老木头看他的眼神里，痛心多于鄙夷。他受不了这样的眼神，就像受不了娘的眼泪一样。

喷雾器再次响起，老木头朝这边走来了。小顺的心脏更加剧烈地跳动起来。一步，两步，三步……他已经能感觉到老木头的气息，像一片乌云在逼近。事已至此，逃也来不及了。不动手，老木头也会看见他。小顺感到一阵晕眩，呼吸困难，胸口像压了一块石头。他下意识地攥紧手里的砖头。

老木头今年头一次给水稻打药，打的是倍硫磷，别名叫百治屠，专门用来防稻飞虱和稻螟虫。以前不用这个。老木头听推销员讲得天花乱坠，就买了一瓶试试。打了一早上药水，有点头晕，老木头想，到底是岁月不饶人。刚想停下来喘口气，猛然看见地上有一只手。老木头吓了一大跳。他后退两步，大喝一声，是谁！那只手一动不动。老木头壮着胆子往前走，一个人趴在地上，人事不省。

老木头赶紧把小顺抱到村里，几个妇女围上来，七手八脚脱去小顺的衣服，用井水冲洗身体。老木头借来一辆三轮车，顶着大太阳骑了十五里路，把小顺送到镇上的卫生院，累得差点散了架。医生给小顺打了一支阿托品，又验了血，出来告诉老木头，小伙子脱离危险了，但还需要住院观察几天。医生说，幸亏现场处理得当，送医又及时，倍硫磷属于剧毒农药，晚一步就不好说了。

小顺慢慢睁开眼，看见娘坐在身边，眼睛肿得像个馒头。小顺说，娘，不要哭了。老木头凑过来说，小顺，你好点没？小顺虚弱地点点头。老木头问，好端端的，你趴在我田里干吗？小顺闭上眼睛，说，抓田鸡。田鸡就是青蛙，剥了皮，加点蒜瓣，炒来吃很香。老木头摇头，心想，用砖头砸田鸡，这不胡闹嘛。

过了一会儿，桂英跟她娘来了。见小顺没事，桂英轻松了很多，掩嘴吃吃地笑。小顺被笑得莫名其妙。把小顺扒光的几个妇女里，有桂英的娘。桂英正在屋里写作业，听见外面喊，有人农药中毒了，赶紧跑出来看。小顺已经被扒得一干二净，像个剥皮田鸡，一条腿还在抽搐。桂英娘举起一桶水，往小顺身上浇去。小顺问桂英，笑什么，桂英死活不肯说。

事情过去几天，老木头家的地里依旧弥漫着一股类似大蒜的臭味，大家经过时都捂着鼻子，连狗都是夹紧尾巴一溜小跑。别人地里一样打这种药水，小半天味道就没了。老木头纳了闷，回到家里，戴上老花眼镜，翻出说明书细细读了一遍。一读不要紧，冒了一身冷汗。原来是自己一时眼花，把 0.05% 的配比浓度看成了 0.5%。作为数学老师，犯下这种低级的错误，实在是让人羞愧难当。老木头心惊胆战地想，幸亏自己穿了雨衣，蒙了毛巾，不然，先倒下的一定是自己。

第二天一早，老木头骑着“老坦克”经过小顺娘的水果摊。老木头下车，掏出两百块钱，塞到小顺娘手里，说给小顺买点补品。两百块相当于老木头大半个月的工资，小顺娘说什么也不肯要。老木头把钱团一团，往水果摊上一丢，飞身上车，逃也似的走了。

木瓜河

一条小河从菉溪中学流过，隔开了初中部和高中部。河的名字有点奇怪，叫木瓜河。小镇盛产黄瓜、冬瓜、丝瓜、菜瓜、伊丽莎白瓜，就是不产木瓜。木瓜是遥远的南方的物产。我在作文里写，掉进河里的人，会扑通一声，变成一只木瓜。

老木头在黑板前唾沫横飞，我看着窗外的河流发呆。这节课本来就不是老木头的，教美术的金老头请了长病假，美术课被几门主课瓜分。作为我们的班主任，老木头理直气壮地霸占了其中的大部分。

我发了一会呆，翻出一本卷边的《圣斗士星矢》，放在课桌里偷偷看。那时我不声不响，时不时来点非暴力不合作，用老木头的话，叫闷皮。我参加数学竞赛，提前自学了初中数学，看闲书并不太耽误成绩。换作别的老师，也许就睁一只眼闭一只眼了。老木头不能忍。老木头每没收一次我的书，我就拿一道竞赛题去请教老木头。题目我事先研究过，全省决赛的级别。老木头拿着题，抓耳挠腮，一筹莫展。我说穆老师您慢慢想，我先去上课了。两节课后，我再去办公室找老木头，可怜的老木头还在伏案解题。我装作灵机一动，大声说，穆老师，您看，这里添一根辅助线行不行？我抢过题，刷刷刷写出解题步骤，然后歪着头问老木头：穆老师，您看这样解答对不对呢？老木头只好说，对，对。别的老师都朝这边看过来。几次以后，老木头就不管我了。

这天，老木头走进教室，身后跟着一个年轻的女老师。老木头介绍，这是霍老师，美院高材生，以后教你们画画。老木头说，你们不许欺负人家。我们都笑起来。稀稀落落的掌声中，女老师走上讲台，鞠一躬，捋了捋头发，不好意思地说，我不是什么高材生，就是喜欢画画，很高兴认识大家。说完又鞠了一躬。女老师个子不高，短头发，有点像当时的体操运动员霍尔金娜，讲话声音比较轻，不知是害羞还是怎么。总的感觉，是跟别的女老师不大一样。后来我们知道，霍尔金娜当时还没毕业，是来我们中学实习的。

小镇的年轻人不太喜欢当老师，他们更愿意去乡镇机关，或者进合资企业，哪怕是开个小饭店或者杂货铺，也比当老师赚的多。八十年代初，一批上海知青落户小镇，其中有不少中小学教师。那时的毕业生，人人会几句上海骂人话。九十年代，学校来了几拨西北师范生，单一个陕师大就能凑两桌麻将。等我毕业后，赶上东北国企改革，镇上的东北人和饺子馆一齐冒了出来。校长每年去沈阳、长春招聘，能招到不少当地重点中学的师资。有一年我回小镇，赶上个饭局，落座时，身边一个男的在接电话，讲英语。等他打完电话，我对他说，你肯定是九八年以后读的中学。他说，我九九级初中，你怎么晓得？我说，没啥，就是你的口语里有一点点小品的味道。

这是后话。

从前的美术课，老金头上来讲几句，黑板上画个示范，就由着我们各自瞎画。他拉过一把藤椅，喝茶看报纸，耗到下课铃响，拉倒。有人说，老金头原本是数学老师，因为教学质量不咋的，才被调去教美术，所以他画的画，多少有些立体几何的效果。霍尔金娜不一样，她给我们讲古希腊和文艺复兴，讲古典与印象派之争，讲藏经洞和敦煌壁画，虽然我们都听不太懂。我们的纪律也不大好，闹哄哄的，有时霍尔金娜忍不住训斥几句，自己先脸红了。霍尔金娜喜欢梵高，她曾用一整节课的时间，给我们讲《星夜》、《向日葵》和《麦田里的乌鸦》。她引用梵高的话：爱是一种积极的东西，它如此的纯真，如此的强烈，以至要让人收回他的感情，就像杀死自己一样不可能。霍尔金娜定在那里，嘴唇颤动，说不出话来。许久，她用哽咽的声音说，可能的。

霍尔金娜上课时，我就趴在桌上画圣斗士和七龙珠。我刚画完贝吉塔变身超级赛亚人，抬头一看，霍尔金娜站在课桌前。周围一片吃吃的笑。我有点尴尬，假装无所谓地咳嗽一声。霍尔金娜拿起我的稿纸，看了看说，画得不错，构图准确，线条也有力气，停顿了一下，又说，就是阴影没打好，立体感不够。她把画还给我，微笑地说，请继续画下去吧。

车小匪杵我一肘，说，不会吧，你的脸红了。

我说，滚。

即使是车小匪也没办法否认，霍尔金娜很好看，也许不仅仅是好看，还带着某种陌生的来自大学草坪的气息。慢慢地，她的课堂纪律也好起来，村里囡和街上囡，一起仰头听讲，眼睛里有罗纳河上的星光。霍尔金娜说，素描只有三种颜色，黑色是阴影，白色是阳光，灰色是过渡。我想，一个小孩子，绝不会平白无故地变成大人。他也需要过渡。他会经过一条河，或者一道沟，走过去，就成了大人，过不去的，就扑通一声，或者吧唧一声，变成了木瓜。霍尔金娜是一座桥吗，还是一条船？也许有一天，我会像她那样，活成一个不那么讨厌的成年人。

霍尔金娜说，等三个月实习期满，如果校方满意，她就可以留下来，成为我们的正式老师。我们都觉得，霍老师课上得那么好，又没有竞争对手，留下是铁板钉钉的事情。所以当那一天，霍尔金娜告诉我们，这将是她的最后一堂美术课时，我们都蒙了。霍尔金娜红着眼眶，几乎讲不下去。一个女生哇的一下哭了。

第二天，学校橱窗外贴出一幅素描，是梵高的向日葵。线条粗犷，阴影对比强烈，倔强的干枯的花朵，在黑白灰的世界里无声地燃烧。花瓶下有一行字——霍 ×× 老师留下！

再往下，是我们全班的签名。

中午再去看，画已经被撕下。

我去找老木头交作业，正好碰见霍尔金娜从办公室出来。她把我拉到一边，轻声问，是不是你画的？

我咬住嘴唇，不说话。

她无奈又温柔地看着我，说，请不要这样啊。

我低头看脚尖，用几乎听不见的声音说，不想让老师走。

她把手放在我的肩上，叹口气，说，你这样，让老师很为难……

有校领导叫她，小霍，来，我们再谈一谈。

她拍拍我的肩，转身走了。

初中毕业后，我回学校看老木头，不知怎么说起了霍尔金娜。我发牢骚说，学校为啥把这么受欢迎的老师赶走，想不明白。

老木头说，这你就冤枉学校了，是霍老师自己要求走的。

我说，骗人。

老木头笑了，说骗你干啥，当初学校确实想留霍老师，都准备签工作合同了。霍老师的家人打通了关系，让她去县一中上课。你想嘛，能去县城，谁还愿意留在我们这乡下地方。

少年王希望

升旗仪式在早上八点开始。七点五十分不到，我们在走道排好队，等待进入操场。男生们推推搡搡，嘻嘻哈哈，女孩子则抓紧时间说悄悄话。母老虎从我们身边走过，没说什么。

母老虎看来心情不错哦，车小匪朝我挤挤眼睛，大概是王希望又要上台做报告了。

母老虎是我们五年级时的数学老师。顾名思义，老虎当然是严厉的，母老虎四十岁出头，身材微胖，梳一个刘胡兰式的短发，精力充沛，走路带风。在她的课堂上，学生要是走神，或是答错了不该错的题，她抡起竹教鞭，噼里啪啦地打，一边打一边用上海话骂：

侬哪能噶戆额啦——啪啪——侬哪能噶戆额啦？（你怎么这么傻？）

母老虎是上海知青，六九年插队到贵州独山，因为劳动表现好，被推荐读了个“工农兵大学”，毕业后留在县城教书。八十年代初，小镇来了不少上海人，母老虎和她丈夫也在其中。

那年头，没人觉得老师打学生有什么不对。相反，打人的老师会给人一种格外认真负责的印象。不可否认，母老虎是位负责任的好老师，她会从不多的工资里拿出钱，买书、买笔、买本子，奖励成绩好的学生；她会义务给差生补课，事后坚决不收一分钱；她带的班常年排名全镇第一。脾气么是暴了点，但毕竟是个女人，下手不至于太重。隔壁班的男同学特别羡慕我们，据说他们班主任练过气功，能一脚把学生踹得飞起来，跟武打片里一模一样。

“母老虎”的称谓其实还是因我而起。我数学成绩一般，但喜欢看点闲书，作文相对好一些。在一篇“先抑后扬”的作文里，我这样写道：

俗话说，“三十如狼四十如虎”，刘老师正是如狼似虎的年纪，她对我们的要求十分严格……

在我幼小的心灵里，“如狼似虎”应该是类似凶巴巴的意思。然后我写她备课是多么认真，批改作业是多么仔细……这些都不重要了。后来我知道，教我们语文的王胡子笑得直不起腰，我的作文本像情报一样在男老师手间秘密传阅。谢天谢地，没人敢告诉母老虎本人。有次王胡子在班上说漏了嘴，“母老虎”这个名字便在学生中流传开来。

母老虎有底气对我们严格，她有一个出类拔萃的儿子，名叫王希望。王希望是六年级的大队长，长得浓眉大眼，像极了海报上的好少年。作为低一年级的学弟，我听过无数关于王希望的传说：他总是考双百；他的作文被选入《全国优秀小学生作文集》；他代表学校去县里参加演讲比赛；他的毛笔字得到镇上老书法家的称赞；他每晚七点准时收看《新闻联播》，除此之外，几乎不看任何动画片和连续剧；他从二年级起就自学英语，比上海的学生还早一年。除此之外，他还是一个热心助人的孩子，“红领巾广播”里隔三岔五报道他的事迹：冒大雨来学校出黑板报啦，捡到钱交给老师啦，帮助同学补课啦，去孤老家里打扫卫生啦，等等。总之，在我们心中，王希望是楷模，是榜样，是活着的烈士，跟雷锋、赖宁、邱少云大致在同一个级别，将来他的鲜血会被专门收藏，用来染红国旗的一角。唯一美中不足的，是他脑门上新近爆出的几颗青春痘，鲜红欲滴，不太服帖的样子。

我去过母老虎家里，有幸参观了王希望的书房。十一岁的王希望拥有两大橱的书，除了课本和辅导书，都是些世界名著、名人传记和励志书籍。奖状太多，以至墙壁不够用，只好叠起来，有客人来就一张张掀给人家看。他的书桌前贴着一小张横幅，是端正的小楷：王希望，你的敌人就是自己！惊叹号遒劲有力。衣橱上另有一副对联，墨迹酣畅淋漓，显然是得意之作：

有志者，事竟成，破釜沉舟，百二秦关终属楚；
苦心人，天不负，卧薪尝胆，三千越甲可吞吴。

在上海知青的圈子里，王希望是经久不衰的话题。大家隔一段时间就要感慨一次：刘老师夫妇“前世修来的福气”，然后哀叹，要是自己家小赤佬“及得上王希望一半”，就算烧高香了。我妈每次见到母老虎，回家后都忧心忡忡：

王希望每天都学习到晚上十点多，你怎么这么不上心……

王希望上礼拜参加作文竞赛去了，刘老师说，要是拿到全省一等奖，中考能加分……

人家王希望都念到新概念第二册了，你看看你怎么办……

知青子女背负的终极期望，是考进上海的大学，上海最好的大学是复旦和交大。王希望是从小被公认为能考复旦交大的人。他曾给我们这帮小屁孩分析：复旦的分数线高一点，出了不少领导；交大呢，牌子比较老，地段比较好。王希望总结道，如果将来学理科，那就考交大；学文科，想都不要想，复旦。他看看我，大概是觉得我还算“有潜力”，真诚地鼓励道，你可以冲一冲的，即使上不了复旦交大，同济、财大、华师大也不错。我在家里听我妈唠叨一遍，出来还要听王希望唠叨一遍，我很烦，转身跑去打街头霸王了。

王希望带着沉痛的表情，缓缓走上主席台。他在麦克风前足足站了半分钟，底下人群开始骚动。王希望深吸一口气，开口了：

今天，我是来检讨的。

操场安静了。

我犯了严重的错误。

全场的目光齐刷刷射向母老虎。母老虎神色如常，朝主席台方向点点头，鼓励儿子讲下去。

这次数学期中考试，我只考了九十六分。听到这个消息，如同晴天霹雳……

我一口血差点喷出来。

……表面上，是我的粗心大意，做错了不该错的题，实际上，是我一贯的骄傲自满情绪在作祟，以至于没有好好复习。为此，我付出了惨痛的教训：有史以来第一次，跌出了年级前三名……

母老虎双手抱胸，频频颔首，露出欣慰的笑容。

……我认识到问题的严重性，王希望啊王希望，你再这么沉沦下去，怎么对得起老师们的谆谆教导，怎么对得起鲜艳的少先队队旗，怎么对得起你名字里的“希望”……

在一连串的排比句后，王希望有力地举起了拳头：

我向老师、同学们保证，在今后的学习中，我一定总结教训，痛改前非，戒骄戒躁，努力学习科学文化知识，为建设“四化”而奋斗！

最后的“斗”字提高了音调，表示发言结束。没有预期的如潮掌声，大家都被震住了。是母老虎带头鼓起了掌。王希望满脸通红，朝台下深深地鞠了一躬，在稀稀拉拉的掌声中走下台来。

王希望成了小镇的新闻人物，走到哪都有人在小声议论：

看到吧，那个就是小学刘老师家的儿子。

哦，就是考了九十六分要天打雷劈的那个？

有一次刚出校门，王希望好像兴致不错，提出要请我吃紫雪糕。我高兴地说，好啊。王希望从兜里掏出几枚硬币，数了数，交给冷饮摊老板。我俩各自接过一根紫雪糕，撕开包装纸，王希望说，别告诉我妈。话音未落，他的表情僵住了。我还没反应过来，他手里的紫雪糕已经丢在地上。

母老虎阴沉地逼近，哪来的钱？

王希望脸色煞白，说不出话来。

母老虎音调陡然拔高，哪来的钱？！

……储……储蓄罐里拿的。

我想起来，王希望写过一篇著名的作文，发表在《少年文艺》上，大意是，他有一个心爱的小猪储蓄罐，平时把零花钱存进去。他一直梦想着，等存满一定的数额，就去买一本《新华字典》。可是，为了给灾区的儿童捐款，王希望忍痛割爱，把储蓄罐砸了。动手前，他心如刀绞，万般不舍，“小猪的眼睛看着我，仿佛在说，小主人，砸了我吧，砸了我吧……”

车小匪当时就提出了质疑，他说，储蓄罐底下都有个小门的，不用砸。

母老虎举起手，作势要打。

妈，我错了……妈……王希望嗫嚅着。他的眼神分明在哀求，你怎么样都可以，可是别在这里，别当着我同学的面。给我点面子。

“啪”的一声，王希望脸上多了五个指印。他一屁股跌坐在地上。好多人朝这边看过来。少年王希望捂着脸，抬头看母老虎，眼里满是泪水。

我撒腿就跑。不知跑了多久，我气喘吁吁，惊魂甫定。紫雪糕融化了，冰凉的液体淌在我的手上，像一大摊混浊的眼泪。我说不清当时的心情，震惊，恐慌，或许还有几分快意：原来榜样也是会挨打的，原来榜样哭起来那么难看。

进入初中，王希望还是那个王希望。他当了班长，又第一批入了团。他一如既往地优秀，时不时在全校大会上发个言，或者领个什么奖。只是，初二以后，王希望的成绩退步明显。他依然用功，每天学习到深夜，可那些立体几何和牛顿定律解起来不再得心应手。事实上，在六年级那次惊世骇俗的演讲后，他再也没回到过年级前三名。那些痛改前非的决心，建设“四化”的豪言壮语，那个有力的握拳动作，回想起来多少像个笑话。人们还是会谈论王希望，言辞中少了敬畏，多了些调侃。

王希望没考上上海的重点高中，他去了县里的一所普通中学。邻居说，他和母老虎大吵了一场。

一年后的夏天，我在小镇的篮球场上见到了王希望。烈日下，他留着中分长发，叼着烟，一个人投篮。

王希望把球扔给我，说，听说你要回上海了？

我说，嗯。

我俩投了一会儿篮。我说，要走了。他靠过来，拍拍我的肩膀，没说什么。

小叔

小叔大我十多岁，是镇上出了名的时髦青年。花衬衫，喇叭裤，长长的鬓角紧贴面颊，斜背一把吉他，在小镇的青石板路上招摇而过，一不留神溅一脚泥——八十年代流行的东西，没有他不玩的。有一阵他迷上了霹雳舞，在爷爷的菜园子里日夜苦练，踩坏了数棵矮脚青菜后，江湖有传言：龙王庙出了个“霹雳舞王子”。王子在菉溪镇独孤求败，倍感寂寞，跑去县城跟人家“斩舞”，结果灰溜溜地回来了。

后来我问起这件事，小叔有点脸红，县城算什么……上海也不算什么……他摁下烟头，眼神闪烁，现在都时兴去南边……算了，跟你讲了你也不懂。

常有些漂亮阿姨来找小叔。她们穿得花枝招展，像《西游记》里一群刚出浴的妖精。“妖精”们三三两两，隔着菜园大声叫小叔的名字：路建国，出来一道蛮！接着嘻嘻哈哈笑作一团。爷爷就恨恨地骂，不三不四。

“大儿锄豆溪东，中儿正织鸡笼；最喜小儿无赖，溪头卧剥莲蓬。”幺儿从来是最受宠爱的吧。爷爷常埋怨奶奶，把小叔宠成了废材。他对这个到处惹是生非的“小畜生”头疼不已，可除了打，好像也没有太多的办法。

我喜欢和小叔一起玩。春天捉蚂蚱，夏天钓龙虾，秋天摸柿子，冬天偷塘鱼，很少有空手回家的时候。小叔告诉我，龙虾喜欢拌了猪血的蚯蚓，甲鱼最爱吃新鲜的猪肝。他咬着一根狗尾巴草，得意洋洋地走在田埂上。我拎着一铅桶的战利品，屁颠颠地跟在他身后，像只快乐的跟屁虫。

龙王庙路家的老幺，我奶奶的心头肉，小镇第一批浪荡子弟，我的小叔。

我爸是镇上另一个异端。作为家中长子，又是南方“饥饿年代”出生的罕见的大个子，二十出头就长成一副四十岁的模样。我爸擅长打架，干完一架，就着缴获的双沟大曲或沙洲优黄，盘腿在行军床上看书。无论是《金光大道》《赤脚医生手册》，还是《拖拉机修理技术》、“文革”前的高中几何课本，他都读得有滋有味。恢复高考第一年，我爸考取了师范，是镇上唯一“考上学的”。小叔不像话的时候，我爷爷揍完，我爸接着揍，说不清谁下手更狠一些。我奶奶不敢拉。所以小叔见到我爸有点怕，说长兄若父，大概就是这意思。有几次小叔在我爸那里挨了揍，低眉臊眼的，看见我有点不好意思。过了一会儿，他悄悄用手肘捅我，阿去钓龙虾？我点点头，像一对难兄难弟。

我爷爷的打算是，让初中毕业的小叔先晃荡两年，等他退休了，小叔顶替他进国二厂。我爷爷是八级钳工，老共产党员，凭一双手做到了工人阶级的塔尖。据说要不是脾气臭，酒后爱骂领导，早当厂长了。新任厂长是他徒弟，应该会卖他这个面子。

小叔一边往嘴里扒饭，一边嘟囔，我才不去国二厂……我要做生意。

我爷爷放下筷子，做什么生意？

跟塌扁头他们去深圳批点牛仔裤、电子表，不要太好卖！小叔眉飞色舞，他们去过好几趟了，说一次能挣几百块。

你哪来的本钱？

本钱嘛……你借我一点……

啪！一记清脆的耳光。“咣当”一声，饭碗落地，像一个斩钉截铁的句号。

我爷爷有充分的理由揍小叔一顿。

国二厂的全称是县国营第二碾米厂，响当当的大厂，进厂就发两套工作服、一双翻毛皮大头皮鞋。逢年过节，整箱整箱的国光苹果、整条整条的大青鱼停在仓库里，等职工搬回家。在我爷爷看来，那些做生意的、跑单帮的，不过是暂时钻了政策的空子，国家早晚会回过头来收拾这帮投机倒把的。我爷爷坚信，个体户再有钱，不过是一时风光，国营大厂才是千秋万代的。

那个下午，小叔给我钓了好多好多龙虾，一个铅桶装不下，我跑去同学家又借了一个。我喜笑颜开说，够了够了，吃到明天都吃不完了。小叔也笑，露出一口好看的白牙，说再钓几个。

第二天，小叔没回家。我奶奶翻床头柜，发现少了一百八十块钱。

这不是小叔第一次离家出走了。

《少林寺》风靡全国的那一年，小叔卷走了家里所有的全国粮票，登上北去的列车，去嵩山少林寺学武。小叔哪吃得了练武的苦，没几天就跑了。等他一路玩回家，奶奶都快急疯了。免不了被爷爷一顿痛打，几天都下不了床。

这一回，小叔是跟塌扁头他们一起走的，先从镇北的长途汽车站坐车去上海，再乘绿皮火车去广州。还没出广州火车站，小叔的钱和证件全被偷了。他大概觉得回家太丢脸，硬着头皮留下来，在工地打黑工。

小叔年轻气盛，又仗着学过“武术”，三天两头跟人打架。最后一次，被打断了几根肋骨，工友背着他去医院，发现他口袋里连挂号的钱都没有。

肇事者跑了。工友们凑了点钱给他治病。等能下地走路了，小叔偷偷溜出医院，扒上回程的火车，一路逃票回到小镇。

他躲在塌扁头家里，白天睡觉，晚上偷偷摸到爷爷家门口，徘徊良久，不敢推门。

彼时腊月，天寒地冻。

大年三十晚上，大家正围着桌子吃年夜饭，家里的狗突然狂吠。奶奶神色大变，摔下饭碗冲了出去，逮住了瑟瑟发抖的小叔。

我几乎认不出他。眼前的这个人，套一件油腻腻的棉袄，腰间扎着草绳，蓬头垢面，分明是个乞丐。

过完正月十五，爷爷提着木棍，把小叔赶进屋子。爷爷锁上房门，吩咐一声，没我的话，谁都不许进来。

屋子里传出鬼哭狼嚎，爹爹，我错了，我再也不敢了！

奶奶坐在院子里，一句话不说。

姆妈，姆妈救我呀！

我咚咚咚敲门，门不开。我又跑去拉奶奶，让她求爷爷手下留情。我怕爷爷把小叔打死了。

奶奶坐着，纹丝不动。突然间，暴起一嗓子——打得好！

回头一看，她满脸的泪水。

打你个年少轻狂，打你个游手好闲，打你个不辞而别，打你个没心没肺。

我爷爷拎一瓶泸州大曲、一条红壳子（牡丹）去了厂长家，路上反复练习谦卑的表情。小叔提前进了国二厂，成了电工班的一名学徒工。每天一身黄灰色电工制服，骑着自行车，蔫头耷脑地跟着爷爷去上班，一路上不敢超过爷爷。小叔的主要工作是：换灯泡，给师傅递烟、泡开水，帮师傅扶梯子，听师傅吹牛皮。在此期间，他跟同厂一个叫淑珍的女工谈起了恋爱，去县里看过三四场电影。就这样安分了一年多，小叔又一次消失了。

传言满天飞。有人说他在上海城隍庙摆地摊，有人说他在珠海给老板拎包，更离谱的，说他加入了海南的黑帮，成了一名厉害角色。

每次得到消息，爷爷奶奶都匆忙赶去，然后一无所获地回来。最远一次去了新疆哈密，只因为电视新闻里的一个侧影像小叔。淑珍来过爷爷家几次，哭着来，哭着走。不知折腾了多少回，花了多少钱，十几家报纸登了寻人启事，找不回这个任性的儿子。

有一天，我去爷爷家。爷爷出门买煤球去了，奶奶一个人在家，桌上摆了一只鲜奶蛋糕。那时候的小镇，蛋糕还是个稀罕事物。

我欢呼一声，扑了过去。等我大快朵颐，抹着嘴巴问奶奶，怎么知道我今天会来？

奶奶笑了，今天是建国生日……便宜了你个小鬼。

十年过去了。

国二厂的日子一天不如一天，工资发不出来，工人只上半天班，听说上海的工人已经在成批地下岗；老街上，显赫一时的供销社拆了，原址建起一座“温州皮鞋城”；电影院关门，新华书店开始卖各种人体摄影集；塌扁头承包了一家校办工厂，成了大老板；当年找小叔“蛮”的“妖精”们，一个接一个嫁了人。我常看见淑珍骑着助动车，驶过尘土飞扬的街头，送她儿子上小学。

关于小叔，有了不好的传言。有说他在煤矿出了事，几十个人全部闷在井下；有说他死于黑帮械斗，尸体趁黑沉入海底。

奶奶怎么都不信。她拉着我的手，絮絮叨叨地说，你小叔六岁时掉进河里，差点送了命。那天奶奶在纺织厂上着班，突然一阵心口疼。她说母子连着心，真要出事了，做娘的一定感觉得到。

爷爷提起这个儿子就暴跳如雷，不是骂他没出息，有家不敢回；就是骂他没良心，赚了钱忘了爹娘。骂完瘫坐在躺椅上，大口大口地喘气。

我渐渐明白，爷爷的痛骂何尝不是一种自我安慰：情愿他是个孬种，情愿他忘恩负义，而不愿去相信更残酷的结局——小叔已经不在人世了。

或许他觉得，自己已经和命运之神做了笔交易。他妥协了，那么更坏的事情就不会发生。

他不过是假装抱怨这笔交易不公平罢了。

那天爷爷把我叫到跟前，严肃地问我，偷渡的人是不是很难回来？我支支吾吾地说，是，国外管得严。我不敢看爷爷的眼睛，我怕毁了他的救命稻草。

第二天，墙上贴了一张世界地图。

慢慢地，大家开始回避小叔的名字。在一次大装修后，小叔的房间成了厨房，锅碗瓢盆替代了昔日的吉他。床拆了，墙上谭咏麟的海报被撕下，旧衣服塞在樟木箱里，搁在大衣柜顶上，书和磁带大多被我带回家。

往年的年夜饭，桌上都会多放一副碗筷。从这一年开始，这副碗筷撤下了。

有一次，奶奶招招手叫我过去，我以为是有什么好吃的，屁颠颠地跑去一看，是一张我和小叔的合影。奶奶笑着说，他们怕我多想，把你小叔的照片都收掉了，这张是我偷偷留下来的，你看看，那时你几岁。

一张小小的黑白照片，小叔穿一件皮夹克，歪着头，左手放我的肩上，像个好莱坞明星一样神气。我嬉皮笑脸地站在小叔身边，个子刚过他的腰。

爷爷老了。他不再大声说话，不再发脾气，不再昂首挺胸地巡视他的菜园子，像个土匪头子一样用力地吐痰。他将躺椅放在那张世界地图前，一坐就是一下午。

爷爷去世前，用力睁大了眼睛，直勾勾地望着门口。

不知从哪本书上看到，人死的时候，最先丧失视觉，然后是味觉和触觉，最后是听觉。爷爷睁着眼睛，瞳孔慢慢地散开。我知道，他已经看不见了。

突然间，哭声四起。我也跟着哭了起来。

奶奶的手颤抖着，合上了爷爷的眼睛。从此绝口不提小叔。

纵火

一个周末的中午，我和小德打光了身上的游戏币，走到街上。秋老虎发威，阳光扇在脸上，像经久不息的耳光。小德叼着一根不知哪来的烟，我的裤兜里揣一只放大镜。我说，小德，你咬住烟，我用放大镜给你点。

小德家住在老街上。我和小德、阿福很小的时候就认识了，那时我们叽叽喳喳，整天跑来跑去。我们跑过一座座石桥，跑过老房子中间的一小块菜地，拐进一条巷子，再从巷子的另一端跑出来。小德的娘是供销社的售货员，无论上班还是下班，她好像永远在织毛线。她把手头的毛线团一点点喂大，养成男人的毛衣和小德的线裤，然后去衣柜里挑一件旧的，拆了线，重头再织一遍。小德的爹是电影院的放映员，那是一份体面的工作。放电影不累，同时受人尊敬，那时候，很多人为了省两毛五一张的电影票，来给小德爹发香烟。那是个清秀斯文的男人，脸和鞋子干干净净，说话声音不响，可总能惹得小德咯咯发笑。看见我和阿福，小德大声地炫耀，“我爹又带我看电影啦”，“我跟我爹去吃小笼包啦”，或是“我爹带我去游泳啦”。我们听了很烦，因为我们的爹从来不带我们吃小笼包，也不带我们去游泳。于是我们气呼呼地跑开了。

放暑假，小德爹带小德去夏驾河游泳。夏驾河并不宽，小德可以一口气游到对岸，歇一会儿，再游回来。小德爹偶尔也下水，大多数的时候，他坐在岸上抽烟，看他的儿子在水里扑腾。

那天小德游了两个来回，觉得有点乏，于是懒洋洋地漂在水面上，眯着眼睛，仰头看那刺眼的太阳。这时，他感觉小腿肚一阵刺痛，抽筋了。其实以小德的水平，单凭两只手也能游回岸边，可是小德慌了，这是他第一次在水里抽筋。小德连呛几口水，双手胡乱拍打着水面，世界在眼前载沉载浮。每一次浮出水面，他都拼命喊，爹，爹，救我。他确信爹听见了，爹就蹲在岸上，一动不动地看着他。又一口腥浑的河水呛进肺里，小德透不过气来，他觉得自己要死了。小德最后一次奋力挣出水面，他看见了爹的眼睛。小德松开手脚，让自己沉了下去。这时他听见“扑通”一声，眼前一黑，像电视机拔掉了插头，什么都不知道了。

小德醒来时躺在岸边，身下一摊水，太阳正一点点地斜下去。小德盯着太阳看了一会，确认自己还活着。爹坐着抽烟，短袖衬衫和西装短裤摊在一边。回去的路上，小德爹试图把手放在小德的肩上，小德甩开了。后来爹跟他解释，在水里挣扎的人是不能救的，人的求生欲越强，就越危险，生死关头，会把救援者一道拖到水底。小德听了，一声不响。

那次游泳归来，小德蔫了好几天。他耷拉着脸，没精打采的，也不跟我和阿福说话。放学了，一个人背着书包闷闷地回家。阿福说，小德大概是魂灵掉了。

阿福听他奶奶讲过，小孩子的魂灵会像水鸟一样飞走。必须大声呼喊他的名字，才能把魂灵叫回来。阿福绘声绘色地说，他叔叔小时候有一次丢了魂灵，结果奶奶喊了一路，从国二厂喊到夏驾桥，才把魂灵叫回家。

我说，走，我们叫小德的魂灵去。

我和阿福来到夏驾河边，对着水面大声喊，小德，回来！小德，回来！

我俩叫得嗓子冒烟。小德出现在身后，他疑惑地问，你们在做啥？小德的眼睛恢复了往常的清澈。我和阿福惊喜地跳起来，小德回来啦，小德的魂灵回来啦！

小德回来了，我们在天空下奔跑，阳光灿烂，不再有昨日的阴霾。后来小德跟我们说，从那天起，他跟他爹再也没亲过。小德说，他知道爹没做错什么，爹能够讲出那些道理，是因为他不在水里。

供销社关门了，小德娘在老街盘下一小间门面，开起了杂货店，也算是本行。小德娘整天守着那堆醋瓶、酱油瓶、卫生巾、草纸和雪花膏，她有了更充裕的时间来织毛线。小镇开了好几家录像厅，电影院的生意渐渐萧条。街机房、迪斯科舞厅、台球厅、棋牌室……找乐子的地方多了，谁还会去老土的电影院度过周末的夜晚。除了给中小学包场放映一些爱国主义电影，影院很难再招徕到什么生意。没人给小德爹递香烟了，烟瘾上来的时候，他必须自己跑过马路，去医院门口的烟摊买一包红梅。小德爹一点点邋遢起来，他的裤子不再挺括整洁，胡子留到很长才剃掉，或者干脆就不剃了。他的嘴时常酒气冲天。后来他不用去上班了，大白天也坐在家里喝酒。他的脸像几十年没洗过，头发板结在一起。老街妇女们怀着复杂的心情，眼睁睁看着这个温和文雅的男人，一步步变成邋遢的酒鬼。

小德说，他爹喝多了会动手。在老街，大人打小孩不是新闻，小德爹下手特别狠，为一些鸡毛蒜皮的小事，或是小德一个愤恨的眼神。好几次，小德逃出家门，在大街上闲逛。夜深了，老街的灯一盏接一盏地熄灭。街机房和台球厅早就关门打烊了，小德想去录像厅混一晚，阿福的哥哥说，那里会通宵放香港三级片。录像厅老板毫不留情地轰走了他。小德听见身后有人问，这是哪家的小孩？另一个男人回答，电影院老包家的。前一个男人说，卵毛长了吧。人们哄笑起来。不知到了几点，老街沉沉睡去，小德确信他爹已经烂醉如泥，这才蹑手蹑脚地推开家门。

一天，小德没来上课，放学后，我故意往小德家那边绕。远远看见小德低头走路，我叫，小德，小德，一边奔过去。小德回过头，鼻青眼肿，满脸的泪痕。我吓了一跳，说，小德，怎么伤成这样？

小德哭得一噎一噎的，我爹推我的，我摔在地上……

啊，这下手也太重了吧！我气愤极了，虚张声势地喊道，你爹呢，我们找他理论……或者我们告诉老师去，老师说了，打人是不对的。

小德哭得更伤心了，我爹死了。

小德说，他和他爹一起出门的。爹叫住他的时候，小德有一点意外，他已经很久没有在早上见到爹清醒的样子。爹看起来气色不错，刮了胡子，衬衫外面罩一件褐色带格子的毛线背心。小德低头走路，爹推着自行车跟在后面，阳光斜照在墙上。两人穿过小巷，走到老街上，小德想起来，橡皮快用光了，他打算斜穿马路，去对面的新华书店买一块新橡皮。这时他听见刺耳的刹车声，他睁大眼睛，看清了轮胎上的两行人字纹。小德被身后的一股大力横推出去，身体飞起来，像一条离开水面的鱼，然后重重跌在石板路上。落地的同时，他听见自行车铃清脆地响了一下，像被什么迅速地捂住了。小德回头看，爹躺在地上，毛线背心脏了。小德扑上去，大声喊，爹，爹。爹只抬了两下眼皮。这个脾气差劲的中年人，再也不能打骂他的儿子了。

爹的追悼会上，小德哭不出来。他怕别人说，这小囡没良心，他爹用一条命换了他，他一滴眼泪也不流。为了让自己看起来有一点良心，小德努力地回忆和爹在一起的场景——爹不是怒气冲冲地训斥他，就是一身酒气地半躺在床上，要不就是跟娘剧烈地吵架。小德揉揉眼睛，他看见爹坐在旧沙发上，招手叫他过去，从油腻的外衣兜里摸出几块钱，叫他去隔壁“北方酒馆”拷半斤散装白酒。小德不得不把回忆拉到更遥远的过去，他看见爹带他去吃小笼包，一笼十个包子，爹吃三个，他吃七个；他看见爹站在电影院门口，笑眯眯地朝他招手；他看见他和爹去另一个镇上的爷爷家，公交车太挤了，爹把他抱到自己腿上；他看见那次游泳归来，他怒气冲冲地走在前面，爹跟上来，把手放在他肩上，他用力地甩开了，爹在身后叫，小德，小德，他头也不回地往前走。小德想，这个声音不会再有了。泪水模糊了他的眼睛。

小德娘跟人讲，一样是死，要是救的是别人家的孩子，小德爹就是英雄，是烈士，就会上报纸，上广播，县长都要对着他的遗像鞠躬，那么小德娘就会领到一笔丰厚的抚恤金，说不定还会在镇政府里给她安排一份工作。可小德爹救的是自己的儿子，所以屁都没有。

小德渐渐长成一个阴郁的少年。他时常对着教室窗外发呆，除了跟我和阿福，简直连话都不愿意多讲。进入青春期的小德继承了他爹的长相，鼻梁笔挺，体态修长，尤其是那双忧郁的眼睛，天然地吸引那些母爱泛滥的女生们。她们怜爱地接近他，企图拯救他，却一个个碰了一鼻子灰回去。于是她们愤愤不平，啊呀，那个小德，也太奇怪了，该不会是脑子有问题吧。

我用放大镜给小德点烟。实验很成功，小德满意地吸上一口，吐出一个晃悠悠的烟圈。我知道，小德的轻松是装出来的。从街机房出来的时候，咸菜瓶刚好骑车经过，小德一定是看见了。

咸菜瓶是个相貌普通、粗手粗脚的姑娘，小德好像很喜欢她。他俩一块去食堂打饭，一块绕着操场散步，放学后一块回家，手悄悄地拉在一起。那个时候，敢公开恋爱的初中生不太多。咸菜瓶的娘去世后，她爹找过几个女人，都没成。咸菜瓶没有娘，而小德没有爹，这段恋情从一开始就是个笑话。他们说小德谈个恋爱，顺便把自己娘嫁出去，可谓一箭双雕。他们说这下方便了，小德娘搬去严家住，小德结婚的新房就空出来了。那些在小德那里吃过闭门羹的女生此时恍然大悟，为什么小德对自己不感兴趣，那都是因为，自己没一个鳏居的老爹呀。

男生们嘻嘻哈哈地跑到小德面前，一个说，喂，小德，聘礼备好了吧？另一个说，都是一家人，要什么聘礼，把他娘的聘礼还回去不就好了。

小德低吼一声，猛扑过去。

等我和阿福拉开那几个身强力壮的男生，小德已被打翻在地。

阿福扶起小德。小德恶狠狠地说，别碰我。

阿福愣了一下。小德甩开他的手。阿福说，小德，你疯啦。

小德冷冷地说，这是我自己的事，你们少管。

小德一瘸一拐地走向咸菜瓶。他的小女朋友呆呆地看着他，眼里噙满了泪水。

教导主任把小德和咸菜瓶叫去。教导主任是个四十多岁的女人，眼袋耷拉，皮肤蜡黄，我们私底下叫她老菜皮。这天教导主任的状态特别好，接连用了好几个成语，什么误入歧途、自毁前程、害人害己、一落千丈。小德忍不住笑了。小德说，蔡老师，你觉得我还能一落千丈吗？

于是教导主任想到一个新的成语，自甘堕落。

小德诚恳地说，蔡老师，你就让我跟咸菜瓶自甘堕落、害人害己好了，我们保证不害别人，行吗？

教导主任气得没办法。第二天，咸菜瓶被调去别的班级了。

有好事者跑去跟小德娘说，你家小德谈恋爱了。

小德娘低着头，只管织毛线。

好事者说，你得管管，这么小就谈恋爱，长大怎么得了。

好事者又说，你知道小德找的谁吗，造船厂严家的姑娘，没娘的那个。

小德娘放下毛线说，南斯拉夫又要打仗了。

好事者莫名其妙，南斯拉夫打仗，关我什么事？

小德娘说，我家小德谈不谈恋爱，关你什么事？

小德娘找到咸菜瓶，小德娘说，你就是严彩萍同学吧？

咸菜瓶不安地点点头。

小德娘说，小德很喜欢你，我看得出来。

咸菜瓶的脸红了。

小德娘说，因为喜欢你，小德被人嚼舌头，还被人打。如果你也喜欢他，最好考虑下这个事实。

咸菜瓶低头不说话。

小德娘说，我不是来拆散你们的，我没这个闲工夫。我只是想说，如果一碗饭的第一口是苦的，那就不用吃到最后一口。

放学后，小德和咸菜瓶走在街上，一群吊儿郎当的男生超过了他们，男生们勾肩搭背，唱着黄色小调，其中一个回过头来，大声说着小德娘的下流话。又一次，小德发起了自杀式冲锋。夕阳下，尘土飞扬，战况空前惨烈，小德死死咬住那个寻衅的男生打，其他男生朝他身上拳打脚踢。咸菜瓶尖叫着抱住一个男生的腿，被拖倒在地。男生们打累了，骂骂咧咧地离开。小德躺在地上，满脸血污，动弹不得。

咸菜瓶跪坐在小德身旁，她旁若无人地清理小德的伤口，用衣角擦去他脸上的血渍。她梳理了小德的头发，然后俯下身，轻轻吻了他的脸颊。咸菜瓶站起来，坚决地说，小德，我们分开吧。

小德愣愣地看着她。

咸菜瓶流着泪说，包小德，我不喜欢你了。

咸菜瓶的背影在小德眼睛里一点点地熄灭。天暗下来。

第二天，小德对我和阿福说，他不打算再念书了，没意思。小德有个远房爷叔在上海卖大闸蟹，他之前试着给爷叔打过电话，爷叔说，大闸蟹快上市了，小德要是愿意，可以过来帮忙，给他开工资。只是，小德得自己租房子住。

小德回家跟娘讲，想学生意，希望娘给点钱。小德说，那叫启动资金。

娘言简意赅地表示，拿钱可以，请从自己的尸首上跨过去。

第二天，小德去了教导主任办公室。小德告诉教导主任，自己决定要退学，烦请她退回本学期的学杂费。小德通情达理地说，虽然开学才两星期，但只要退他百分之八十的钱就可以了。

教导主任显然是被逗乐了，她从鼻孔里嗤了一声，用圆珠笔帽敲了敲桌子，恢复了一本正经的表情，这里是学校，不是你娘的杂货店，不存在讨价还价的道理。至于退学的事，教导主任表示，鉴于学校正在参评义务教育先进单位，一旦有人退学，这事就得泡汤，而她顶顶不能容忍这种给集体抹黑的行为。综上所述，小德可以滚出去了。

小德咬牙说，那我也不来学校了。

教导主任说，腿在你身上，我不可能拖你来学校，只可惜你爹一条命，换了你这么个窝囊废。教导主任冷笑，当初还不如让你撞死算了，现在你的弟弟妹妹都会走路了。

小德抬起手，指着教导主任的鼻子说，老菜皮。

教导主任的笑容僵在脸上。她站起身，气汹汹地朝小德走来，你说啥?

小德重复了一遍。话音刚落，脸上就挨了一记火辣辣的耳光。

教导主任的嘴都歪了，包小德，要换了平时，早开除你十七八遍了。可现在不一样，我不会让你这只死耗子坏了一锅粥。你最好给我老老实实上课去，不然，我现在就把你娘叫来，让她好好管教下你这个有爹生没爹养的。

小德走向门口，捡起地上的废纸篓，折回去，扣在了老菜皮的头上。

小德被记了大过。老菜皮到底没有开除小德，这让我有点佩服她的涵养。小德不来学校了，他整天无所事事地在老街晃荡，像一颗台球一样到处乱撞。他还是没有钱去上海。

回到那个烈日当头无所事事的中午。小德叼着一根烟，我的手里攥一只放大镜。我蹲下身，用聚焦的光点把一只蚂蚁钉在地上。蚂蚁徒劳地挣扎、打圈，最后化为一缕青烟。我哈哈大笑。小德也哈哈大笑。

围墙边，一棵枯死的芭蕉树吸引了我的注意力。我走过去，焦点对准枯叶尖，“嗤”的一声，一缕青烟升起，着了。

我俩站在一旁，手插在口袋里，兴致勃勃地欣赏。一阵风刮来，火苗腾一下往上蹿，没等我俩反应过来，半棵树已经烧着了。小德扯下裤子，朝我吼道，愣着干嘛，尿呀！我哆哆嗦嗦地拉下裤子，哪里尿得出来。小德一把拽住我的手，快跑！

跑了十几步，我回头看了一眼，几乎魂飞魄散。一树腾腾的烈焰，火势越过围墙，蔓延到另一侧的车棚顶。正是午休时间，四周一片寂静。我去叫人，小德推了我一把，你快进前面的巷子，别让人看见了。我拼命跑进小巷，靠着墙，气喘如牛。听见一个中年男人的声音：抓住那小子，就是他放的火！

我两腿打颤，心脏狂跳不止，竭力平息了片刻，假装若无其事地从小巷另一头走出来。远远看见小德被几个人摁倒在地，更远处，火光熊熊，浓烟滚滚，人声鼎沸，像一场盛宴。

围墙的另一边是派出所，一把火将车棚里十几辆自行车熔成一堆废铁。幸亏扑救及时，火情没有扩散。

整个小镇都在议论这场火灾。派出所烧了。多少地痞、混混、强拆户想干不敢干的事，一个初中生干成了。

我每天照常上学，放学，其实早已魂不守舍，时刻提心吊胆，生怕冲过来两个警察叔叔，把我铐走。

三天过去，像过了三个世纪。我担心的事终究没有发生。小德娘赔了一笔钱，从派出所领回了小德。那天下午，学校橱窗贴出告示：

关于给予包小德同学处分的决定

我校初二（五）班包小德同学，于九月二十一日下午，纵火焚烧菉溪镇派出所车棚。情节特别恶劣，后果特别严重。

为严肃校规校纪，教育本人，警示他人，依据《中学生行为守则》《菉溪镇初级中学违纪处分细则》，经研究决定：给予包小德同学开除处分。

菉溪镇初级中学

一九九五年九月二十四日

小德在家门口跪了一天一夜。天快亮的时候，他栽倒在冰凉的青砖上，昏睡了过去。娘叫醒了他。娘冷冷地说，起来吧。

小德起身，看见娘的眼皮是肿的。小德跟娘走进屋子，娘在床边坐下，小德垂手站在一旁。娘呆坐了一会儿，说，小德，我管不了你了。

娘从枕头下摸出一个信封，递给小德。小德接过，里面一沓钱，有整的，有零的。

小德哽咽了，娘。

娘说，启动资金。

我找到小德的时候，他正在家里收拾行李。他翻出几本卷边的《七龙珠》漫画，又把一件旧牛仔外套塞进旅行包。我说，小德，谢谢你。

小德说，谢啥？

谢……谢谢你，没把我招出来。

小德嘿嘿一笑，招出你来有个屁用。你也被开除了，我能捞到什么好处？

我说不出话来。

听说老菜皮挨了批评，今年的奖金怕是泡汤了，小德笑嘻嘻说，她要是早点开除我，这事就跟学校没关系。

我掏出几十块钱，是我从爷爷那里连坑带拐要来的。我把钱放在桌上，说，剩下的，我以后还。

小德说，还个屁。

小德走的那天，我和阿福去夏驾桥站送他。我说，小德，别忘了我们。小德说，哪能呢。阿福说，小德，要是在外面被人欺负了，就回来告诉我们，我们帮你报仇。小德摇头说，不会的，我不会回来的，我很早就知道，人最难的时候，只有想办法自救，不能指望别人，因为，小德黯然道，会救我的那个人，已经不在了。

火车进站了，是一班慢车。小德上了车，转头看我们。他的两只手都拎了沉重的行李，所以他只能咧开嘴巴。我和阿福用力地挥手。车门闭上了，列车发出一声叹息，挣扎着缓缓驶去。

我参加县里的中学生作文竞赛，题目是“我身边的英雄”。我虚构了一段小英雄救火的故事，小英雄勇敢地冲向大火，扑灭了火焰。群众的生命和财产保住了。大家簇拥着小英雄，热烈地欢呼鼓掌。我的眼泪掉了下来。

车匪路霸

一九八一年的秋天，一辆十吨的解放牌大卡车披红挂彩，从上海市中心出发，过武宁路桥，沿着曹安路向西驶去。

车上装的是我妈的嫁妆：樟木箱、梳妆台、大衣橱、骆驼毛毯、红绸绿绸被子、描着“囍”的痰盂、蝴蝶牌缝纫机、凤凰牌自行车……外公外婆几乎倾其所有。他们要女儿嫁得风风光光。

卡车一路开到安亭，过了江苏省界，停在一条小河边。我爸引了四五条船来迎接，如同梁山好汉。彼时，那个叫菉溪的小镇，还是个名副其实的水乡。我爸身穿一套灰色西装，胸前别着塑料花，喜气洋洋，大声指挥接亲队把箱子搬到船上。婚礼在小镇引发了小小的轰动——老街长大的孩子，娶回了上海新娘。镇上的姑娘们成群结队地赶来瞧热闹，磨尖了眼，看看上海新娘子都有些啥嫁妆。

说是上海新娘，其实是安徽新娘，当时我妈的户口和粮食关系还在皖北某县人民医院，婚礼一周前才返回上海。

婚礼前，我爸我妈并没有见过面，只在信里交换过照片，抒发过各自的怀才不遇，结尾是：致以革命的敬礼。我爸是镇上中学的老师，这是我妈在众多追求者中选择了我爸的主要原因。我妈的偶像是苏联电影《乡村女教师》中的华尔瓦拉·瓦西里耶夫娜，她梦想进入复旦大学中文系，毕业后当一名瓦西里耶夫娜式的女教师。那一年在她插队的公社，保送复旦大学“工农兵大学生”的资格在最后一刻被让给了别人，而她只能上一所当地的卫生学校。公社领导劝她“服从组织安排”，我妈哭红了眼睛，答应了。不答应又能怎样。几年后恢复高考，我妈一边值夜班一边复习，饿了啃窝头，用酒精灯煮山芋糊糊吃，每天睡两三个小时。考前一个月，急性肝炎发作，病危电报发到上海，向来严峻的外公流泪了。

送亲的队伍中，唯一见过我爸的是我的舅舅。婚礼前两个月，舅舅受外公外婆之托，来小镇“侦查”过。他倒了两趟车到安亭，我爸划着船来迎接。两人接上头，小船穿过芦苇丛，滑向爷爷家的小院。一顿大酒，舅舅沉沉睡去。第二天，我爸安排拖拉机送舅舅去镇北的夏驾桥火车站，又给他买了回上海的软席。在打给安徽的电话里，舅舅把胸脯拍得震天响：阿姐，这个男人没问题！

婚后，我妈顺利地调动了工作，在小镇的卫生院当了一名医生。在我小时候，去上海是件大事。我妈提前好几天就高兴，我爸则一直忙着张罗行李。编织袋里塞满了青鱼干、咸鸭蛋、酒酿、乡下人做的糕团，一只鱼篓里爬着甲鱼或大闸蟹，菜篮上静静地卧着一只鸡。我们走到小镇北边的汽车站，等待过路开往安亭的班车，四十分钟一班，很挤，车厢里弥漫着一股人肉的酸臭。到了安亭，再换一部“北安线”，沿着曹安路开进上海市区。印象中，这条路一直在修，坑坑洼洼，漫天尘土，一车人在无休止的颠簸中昏昏欲睡，路边是连片的农田和灰蒙蒙的厂房。黄渡、封浜、江桥、真如……这些熟悉的地名一闪而过。窗外骑自行车的人越来越多，当看到曹杨新村密密麻麻的火柴盒房子，我就晓得，到上海了。仿佛之前的道路都不算。这才是上海。

小镇毗邻上海，一九八〇年后，许多回不了城的上海知青在小镇安家。好歹离得近一点，心理上是个安慰。他们来自云南、贵州、安徽、黑龙江……大多是教师和医生，清贫，有点小知识分子的臭架子。后来，又有几家内迁的工厂陆续搬到小镇，技术人员也多是上海人。

听讲侬是杨浦区的？

老早在军工路，侬呢？

娘走掉了，爷跟阿弟住凤阳路。

好地段，上只角。

哪里哪里。再讲，跟我搭介（有关系）吧。

和上海人一道来的，还有蝴蝶牌缝纫机、永久牌自行车、红灯牌收音机、钻石牌手表，还有雪花膏、高领绒线衫、大白兔奶糖、回力运动鞋……加起来，几乎就是那个年代对美好生活的全部想象。羡慕之余，小镇的居民对这帮上海人不免有几分讨厌，觉得他们高傲、精明、死要面子。大家都穷，凭什么你穿得山青水绿的。小镇的男人们尤其看不惯上海男人戴袖套买菜的模样：“买汏烧”一锅端，算什么男人？

像一条河汇入另一条河。时间久了，彼此也就交上了朋友。

小镇女人跟上海女人学织绒线、烫衣服，上海女人跟小镇女人学做糯米糕、包小脚粽子。快过年了，镇上的邻居送来自家做的咸肉和熏鱼，上海人说声谢谢，哼哧哼哧倒三四部车，拎回上海的爷娘家。年后，上海人陆续回到小镇，大包小包里，有为镇上朋友带的凯司令蛋糕和三阳盛芝麻核桃粉。小镇几乎人人都会讲几句上海话，上海人用当地话买菜，阿好便宜点？看见谁家的小姑娘穿新衣服，会说，好看忒，好看忒。前一个忒升调，后一个忒降调，很有味道。

一年一度的合唱比赛是小镇的大事。卫生院的上海人多，实力公认最强。放射科的王医生指挥，化验室的郭医生拉手风琴伴奏，妇产科的苏阿姨领唱。他们穿着租来的燕尾服和长裙，站姿笔挺，神采飞扬，仿佛译制片里的弗朗索瓦和艾斯美拉达。那是他们的光辉时刻。

有一年，这帮上海人搞出一个大新闻。当其他代表队还在苦练《歌唱祖国》或《在希望的田野上》时，他们居然排出一个意大利语版《我的太阳》。台下的乡下人眼珠子要掉下来了，评委也听不懂，最后给出一个历史最高分。

不是所有上海知青的子女都叫知青子女。那些父母顺利回城、出生在上海的孩子，早已跟那片土地撇清了关系。只有那些回不去的上海知青，他们的孩子才叫知青子女。

父母一心盼望我们“回去”，最好是堂堂正正地考回去。只有知青子女会因为成绩不好“吃生活”，所谓的成绩不好，大概就是跌出全班前三名。我很羡慕那些叫“生根”（长大后改叫“绅庚”）、“召弟”（长大后改叫“昭娣”）、“金花”、“乡妹”的本地同学，他们看起来无忧无虑，什么也不用学，考试不及格也无所谓。我把这个想法告诉“生根”们，他们说，我们才羡慕呢，我们回家要生煤炉、烧夜饭的，要割草喂猪的，农忙时还要下地干活的。还有，你们能经常去上海，我们可想去了，爹妈说，没钱去个屁咧。

对知青子女来说，曹安路是共同的记忆，回上海的路就这么一条。我犹豫着该写“回上海”还是“去上海”，就像我分不清哪里才是我的故乡。我们都坐北安线，都在一个叫陆家宅的地方下车，然后各自换公交去爷爷奶奶或者外公外婆家。车小匪的爷爷家在浦东。每次他从菉溪镇出发，到陆家宅换车，再穿过浦西前往陆家嘴，单程六个小时。有时我气愤地想，肯定是“车匪路霸”这个名字叫坏了，导致我们整个童年都在无休止地赶路坐车。

车小匪的大伯伯早年在华亭路倒卖牛仔裤，是上海滩第一批“万元户”，开桑塔纳，佩大哥大，喝人头马。他出手阔绰，压岁钱一给就是一千。车小匪不声不响地抽掉两张，剩下八百上交爸妈。两张钞票叠成小块，塞在鞋垫底下，像情报一样带回了小镇。

那是个两分钱一粒玻璃弹子、五毛一盒划炮的年代，两百块无疑是一笔巨款。我俩甚至不知道怎样去破开这两张折痕累累、气味浓烈的大钞。买东西无疑是件可疑的事情，爸妈再缺心眼也不会让孩子拿着自己一个月的工资上街，何况大人们好像都认识，简直处处是眼线。我俩商量了半天，最后坐车去了邻近的花桥镇，买了两瓶正广和盐汽水，一口气咕咚咕咚全喝光了。喝得太急，不停地打嗝。车小匪擦擦嘴，露出满足的笑容，再要两瓶吧？

从此，每天放学，车小匪飞一般奔出校门，我跟在他屁股后面跑，像个快乐的狗腿子。学校附近有个废弃的工地，翻过一堵矮墙，一堆水泥管里藏着车小匪的秘密。车小匪叫我背转过身，然后从其中某一根里掏出两块钱。我俩跑去街机房买七个铜板（三毛一个），车小匪四个，我三个。街头霸王、三国志、合金弹头……玩上一个小时，赶紧跑回家，再晚就得挨打了。

印象中，两百块几乎是一个取之不尽、用之不竭的数目，我算过，足够打上三个月的街机。一个傍晚，我俩又来到工地，眼前一块空旷，水泥管一夜间被搬得干干净净。车小匪呆看了半天，“哇”的一声蹲在地上哭。我也跟着哭。这真是无比忧伤的一天。

初二时，车小匪转学了，他的大伯伯帮他联系了上海的一所私立中学。一个月后，班上每个同学都收到了车小匪的信。内容大同小异，无非是吹嘘自己在新学校怎么厉害，怎么受欢迎，并督促大家回信，说不许忘了他。

只有我知道，车小匪的信是写给黄潇潇一个人的。车小匪不敢单独给黄潇潇写信。于是他写了五十四封。

我常常会想起车小匪，不知他在上海过得好不好。这个温柔腼腆的少年，默默地喜欢，默默地告别，然后在一个熟悉又陌生的城市里一封接一封地写信，那该是多寂寞。把心事抄上五十四遍，不过是“你好吗”，“不要忘了我”。

离开小镇的夏天

初中快毕业时，我面前有两条路。

外公外婆希望我回上海，两个舅舅也赞同。他们的理由是：我将来总要回上海的，早一点适应比较好。何况，比起竞争惨烈的江苏，在上海高考总归会划算一点。

知青子女回沪是个敏感的话题，涉及住房、户口等一系列现实问题。很多人家为此闹得鸡飞狗跳，甚至对簿公堂。我们家没有。我很幸运。

我爸妈则希望我读县城的“省中”，留在他们身边，将来高考再回上海。除了不愿给外公外婆添麻烦之外，我妈深层次的焦虑，是怕她管不到我了。她可以一口气举出好几个纯朴乡镇少年堕落的例子，然后照搬《霓虹灯下的哨兵》里的台词，忧心忡忡地说，上海可是个大染缸啊。在我妈心中，去上海有一百种变坏的可能。在这个方面，她的想象是无边无际的。

省中是县城最好的高中，当年县城只有这一所省级重点高中（现在则有四所）。传说省中是个不食人间烟火的地方，那里聚集了来自县城及各个乡镇的尖子生，那里的学生吃饭、睡觉时都在做题。进了省中，等于一只脚踏进了大学。

初三下半学期，有传闻说我即将转学上海，参加上海的中考。校长找我爸喝老酒，我爸醉后夸下海口：无论我高中去哪里读，都会为菉溪中学抢下一个省中名额。要知道，作为一所乡镇初中，每年只有四五名学生能进省中，少一个，等于少了百分之二十的业绩。我是校长眼中的种子选手，他不愿轻易地放我走。

我爸妈很快完成了战略部署：不转学，主攻省中。上海的中考比江苏的中考晚了一个礼拜。考完省中后，我再去上海考，搏一把上海的重点高中。

我从不参与这些讨论。我的任务就是念书，对自己的命运并没有表决权。

最后一次模拟考，语文老师惊讶地发现，我先从最后的作文写起。他走到我身边，咳嗽两声，敲了敲我的桌子。我毫不理睬，依旧埋头奋笔疾书。

语文理所当然地考砸了，但作文是高分，还被当作范文张贴在橱窗里。我们学校有这个传统。

我暗恋隔壁班的阿花。现在想想，当初的爱情观简直迂腐得可笑：先挑成绩好的，再从成绩好的里面挑好看的。比如黄潇潇，黄潇潇当然是成绩好又漂亮，但问题是，黄潇潇跟我在一个班，还是团支部书记。我无数次见过她趾高气昂、飞扬跋扈的样子。阿花就不一样了，阿花是隔壁班的团支书，距离造就了美。

语文老师不会知道，那篇作文是藏头文。每一段的第一个字连起来，是“阿花我喜欢你”。

中考成绩出来了，我两边都考上了。

家庭会议上，我爸我妈和外公外婆各执一词，争论不休。我突然推开小房间的门，对他们大声地说，去上海。然后转身，重重砸上房门。

门外一片沉寂。

过了一会儿，听见我妈虚弱疲惫的声音，就这样吧。

我厌倦了那样的暗恋，我尤其讨厌自己，懦弱又假正经。明明喜欢人家，千方百计制造偶遇，真遇到了，却连打个招呼都不敢。那个时候，在父母师长口中，早恋是洪水猛兽，是可以燎原的火。在能找到的青春小说里，顶多写到“把朦胧的好感放在心底”，然后两人相约“好好学习”，“将来考上同一所大学”。我暗恋了阿花三年，我不想再暗恋三年。

阿花的家在南圩，要过一座桥，桥下是庄稼。那个暑假，我常常在晚饭后散步，走着走着就到了那座桥。我期待一场偶遇。我在心里反复地演练，如果遇见她，我会怎样鼓起勇气，告诉她我一直喜欢她，然后挥手告别，了却一桩心事。

在去阿花家的那条路上，我看见大片大片的荷叶，我惊奇地发现，那些荷叶不是长在池塘，而是扎根在泥土里。一九九七年的夏天，那些荷叶成为我记忆中唯一的诗意的景物。

我没有再看见阿花。

对一个小镇出来的孩子，融入城市的过程是艰难的。也许并没有那么难。少年时的心事，多年后说起来，总是有为赋新词强说愁的味道。因为过去了。难过，忧伤，困惑，愤怒，委屈……所有的这些情绪，都过去了。

我以为去了上海，就能终结这段给我带来无尽烦恼的暗恋，我以为我很快会喜欢上别的女孩。我错了。我像一株被连根拔起的植物，移入室内，从此告别了风和田野。因为过得不快乐，我像老年人一样热衷于回忆往事。我常常想起最后一次见到阿花时的场景：那是中考后的返校，六月的尾声，空气中饱含着湿气，大朵低垂的积雨云像即将开出深灰色的花朵。阿花穿着淡蓝色上衣，骑着自行车，慢悠悠地上了桥，然后变淡，像镶嵌在灰色墙面的一小片青瓷，消失。

从此，我把那样阴沉欲雨的天气，定义为想念阿花的日子。

阿花去了省中。那届初中，算我在内，有五个人考取了省中。我给阿花写信，为了避免信被截获，也为了掩饰心虚，我在信封上写了四个人的名字，包括从没说过话的同学。在信里，我写了些冠冕堂皇的话，很遗憾没继续做同学啦，很想念大家啦，学习忙不忙啦什么的。信寄出去了我才想起来，我的学校有两个校区，相隔了四五公里。我怕邮递员会寄错地方，于是每天放学后，我都两个校区来回跑。就这样持续了三个月。我想，阿花大概是没收到信吧。

时间过得很快，因为回忆起来每一天都差不多。快高考了，我爸是小镇有名的“填志愿专家”，我知道，阿花爸爸一定会来找我爸填志愿，他俩是老同学。

我给我爸打电话，我爸听见是我，习惯性地说，等一下，你妈在厨房。

我说，不不，我找你。

我爸有点意外，说，什么事？平时我从不给他打电话。

那个……我支支吾吾，阿花爸爸要是来找你填志愿，可不可以……让她去上海。

电话那头有隐约的笑意。我爸故作严肃地清了清嗓子，说，我知道了。然后告诫我，别胡思乱想，心思要放在学习上。

一个礼拜后，我爸打电话跟我讲，阿花想读法律，第一志愿填了华东政法。

县城有一张日报，每年高考放榜时会出一个专版，登上所有一本的录取信息。我盯着阿花的名字发呆，西南政法。

当时整个苏州地区有八所省中，我们的省中长期叨陪末座。后来我知道，那年填志愿前的全校动员大会上，省中校长发明了一个词——“天女散花”。校长慷慨激昂地说，没有绝对的把握，不要考沪宁线上的学校，不划算的，我们要天女散花，要考到全国去！好男儿志在四方，好女儿也志在四方！

阿花的班主任也说，华东政法的分数线太高了，西南政法比较稳，学校又一点不差。

他们的策略成功了。这一年，省中的一本率实现了新高。

在来回小镇和上海的公交车上，我的视线漫无目的地越过田野。耳机里循环放着周杰伦的《三年二班》，“为什么漂亮女生都在隔壁班”。

九月，阿花以高出华东政法六十分的成绩远赴重庆。我们就这样相继离开了小镇。

很多年后，一个当年和阿花同班的男生告诉我，阿花也很凶的。

我说起通往阿花村庄的那条路，说起路边的荷叶。男生说，哦，那是芋艿。

变轨

我妈说，多检查几遍，细心点，不要提前交卷。

我妈说，拿到卷子第一件事，先写名字和准考证号，别忘了。

我妈说，开考前再去上个厕所。

我说，烦死了。

她放下手中的小刀和2B铅笔，这是今天削的第五支，说，不早了，去考场看看吧。

上周我参加了江苏省的中考，明天考上海的。那些年，这样“两边考”的知青子女并不在少数。多考一次意味着多一种选择，也多一份压力。这是知青子女的特权，如果考试也算一种权利的话。

我妈等这一天很久了。

自打我在小镇呱呱坠地的那一刻起，就像进入了某个倒计时。从小，我是听着沪语儿歌入睡的。我妈坚持要我讲上海话，她不厌其烦地纠正我的小镇口音。“你会被当作阿乡的”，她忧心忡忡地说。她教我的儿歌里，有一首是这么唱的：

乡下人，到上海，
上海言话讲不来，
讲不来，哪能办，
咪西咪西炒咸菜。

我四岁时，我妈花去六个月的工资，从南京西路“向阳儿童用品商店”搬回一台卡西欧电子琴，理由是“上海的小朋友都在学”。六岁时，她找音乐学院老师教我弹钢琴，为此，我必须每周六下午奔赴上海，周日早上学琴，下午再赶回小镇，来回路上八九个小时。上了一次课，我大病一场，此事不了了之。我读小学四年级时，我妈搞来全套的上海英语教材，要我“跟上进度”。在小镇，英语课要到初一才开。所有的这一切，就是为了有朝一日，我回到上海，摇身变成一个上海小孩，实现无缝对接。

我曾以为自己就是个上海小孩。少年的倔强和虚荣告诉我，我和新闻里那些上海学生是一样的，我们是同一把种子，撒向不同的田野。直到一个寒假的下午，我路过思南路上的某所中学，一支学生乐队刚结束排练。我的同龄人身着正装，拎着各式乐器盒，三三两两从我身边走过。我只能从轮廓猜测其中的内容——小提琴、大提琴、小号、黑管、萨克斯……他们高声谈笑着，讨论演出细节，或者某款新出的电子游戏。我被一种说不清的东西击中了。我下意识地抱紧双臂，像守卫一种不存在的东西。现在我知道了，我们不一样。

考场不远，从外婆家出来，穿过后弄堂，不一会就到了。外公外婆说怕打扰我复习，搬去舅舅家暂住。考场是一所弄堂中学，三层红砖小楼，逼仄的操场，角落里立着两三棵香樟树，刚下过一阵雨，地皮有些发潮。这里正是我妈的初中。二十八年前，一纸《上山下乡通知书》，她从这里走向了广阔天地。

在我妈看来，上海是一个太阳系。南京路、淮海路、中福会少年宫、平安电影院……她熟悉的老市区，是辐射光热的永恒的中心。围绕这个中心旋转的，是千百条弄堂、密密麻麻的工人新村，是嘈杂的小菜场、飘着生煎香气的国营饮食店。再往外，是棚户区、郊区工厂、工厂外的大片菜地，以及逐渐变调的口音。在这个星系的外缘，某处冰冷蛮荒的所在，是她落脚的小镇。如果可能，她愿意穿着宇航服离开上海。

我妈被抛出星系的那一年，外公外婆忙着“革命工作”，是我的太外婆、她的外婆送她去了火车站。锣鼓喧天，红旗招展，车站大喇叭放着革命歌曲——东风吹，战鼓擂，现在世界上，究竟谁怕谁。她被一双嶙峋的手握住了。我妈有点气恼，外婆怎么这么落后呢。她挣开手说，外婆，你哭什么呀？

在皖北的无数个夜里，她反复咀嚼这一场景。她依然能感受到恒星微弱的引力，却置身于一个更大的轨道上。一年一次的探亲假，是她的近日点。

后来她嫁给我爸，来到这个毗邻上海的小镇。对于那些回不去的知青们来讲，这里是抵达的终点。我妈认命了，而我是她唯一的寄托。她愿意当一个火箭助推器，在燃料烧光之前，把我送回预定的轨道。

回到母校，我妈有点兴奋，她指给我看，哪里是当年的广播站，哪里是图书室，哪里改动过了，哪里没变。我一脸的不耐烦。门卫拦住了我们，说不能进。我妈赔笑脸，说孩子明天考试，能不能去教学楼看一眼，就一眼。我心里一阵难受，骂了句，册那，转身就走。

我妈追上我，声色俱厉——你刚才说什么？

那是一句上海骂人话，类似“他妈的”，正派人士视之为流氓切口。可以想象我妈当时的愤怒与恐惧——她苦心雕琢的作品坍塌了。她听说过无数知青子女回沪后“堕落”的例子，而现在，还没回上海呢，她的儿子已经迫不及待地要做一个混混了。

在我的世界里，这实在是一句再平常不过的口头禅——知青家的男小孩每天用它来问候彼此。有一首诗在我们之间秘密流传，来自某位父辈酒后的创作：

故国三千里，深宫二十年。
一声咦册那，双泪落君前。

回到外婆家，我妈勒令我道歉，并深刻反省。我看着她那张正气凛然的脸，重复了一遍那两个字。

我妈被激怒了，她的表情混杂了震惊、绝望和困惑。她不明白，一向听话的儿子何以至此。对我而言，这是最后一根稻草，是城破前的反攻。我俯首帖耳，我逆来顺受，可这一切是假的。你不是希望我当个上海小孩吗，那么好的，册那。

我妈抓起一本书，狠狠撕成两半。我毫不示弱，她撕一本，我撕一本。考卷纷纷洒洒，像一场狂欢。

一地的狼藉。黑夜和沉默同时降临。没人开灯。我听见了低低的啜泣，知道自己获得了胜利。

我感到了悲哀的快意，像完成了一次星箭分离。那一刻，我确信自己将回到这座城市。我已经准备好了失去，只是尚不知失去的是什么。

国二厂

我爷爷去世后，我奶奶一个人住在夏驾河边的老房子里。大前年她能一个人去菜场，拎回四两蓬蒿菜，焯水拌酱麻油吃；前年她拄着拐杖，拎一包云片糕，独自到河对岸蒋老太家做客，喊上左眼白内障的杨老太，三人五眼，加起来两百六十岁，打“跷脚”麻将；到了今年，碰上无风晴朗的好天气，她得先给自己打气，横下心，一步步挪到夏驾河边，找个石墩子坐下，晒一会儿太阳，再一步步挪回去。有几次，我在家里找不到她，跑到河边一看，人好好地坐着。看见我来了，她指指对岸的厂房，喏，那是你爷爷的厂。

岸边有码头的旧址，她补充道，我跟你爷爷，就是在此地下的船。

在我的想象中，往事如黑白电影般展开。六十八年前，我二十七岁的爷爷和二十二岁的奶奶，在镇北的火车站下了车，换一条手划船到这里。当时是冬季，应该有阴冷的北风。我爷爷是无锡人，此前在惠山一家英国人开的铁工厂做工，他悟性高，又爱琢磨事，能用三把老虎钳组装一个引擎。昆山新诚碾米厂的大老板来无锡采购碾米车，邀请我爷爷去他厂里做工。老板当场摸出一两黄金作定金，并承诺给我爷爷盖一间新房子，外加每月一百斤大米，让他安顿好家事就来。当时的江南，富户才吃得起大米。我爷爷动心了。

新诚碾米厂位于昆山县菉溪镇，吴淞江和夏驾河的交汇处。

我爷爷下了船，去厂里一打听，老板已于一周前被“镇压”了。新诚老板是因为生活作风问题被抓的，据说他有两房老婆，这充分暴露了其剥削阶级的本性。在仓库的角落里，我爷爷找到了老板生前采购的新型碾米车，没人会开。

新房子和大米当然是没了影，我爷爷叹口气，打算带我奶奶返回无锡。厂里的工人劝他，老板不在了，厂子还在，你来都来了，干脆就在此地做工吧。

我爷爷在夏驾河边找了间旧房子，请个泥瓦匠修葺了一下，买了张新床，跟我奶奶住下了。

这一年，人民政府以两千石大米的价格收购了新诚碾米厂，改组为中国粮食公司华东区菉溪浜碾米厂。公私合营后，更名为国营昆山县第二碾米厂，镇上人叫“国二厂”。

夏驾河是吴淞江的支流，一座建于康熙三十一年（一六九二年）的通济桥横跨河上，对岸就是国二厂。米厂边上有一座元代留下的龙王庙。老人们津津乐道于一个传说：菉溪曾连年大旱，庄稼颗粒无收，龙王七太子私自降雨，却因触犯天规被斩为七段。百姓感念七太子的恩德，在夏驾河边盖了一座龙王庙。每年农历八月十八举行庙会，据镇志记载，庙会日，仪仗队请出龙王、菩萨，搭棚，摆香案，请草台班子登台唱戏，摇快船，抛竹篙，舞“断龙”，要热闹好几天。“断龙”是菉溪特色的舞龙，由七截龙身组成，纪念那位倒霉的龙王七太子。周边人家少不得请亲戚朋友来看戏，吃“留戏饭”。

菉溪是鱼米之乡，镇上有一条叫鹤塘浜的小河。自唐代起，乡民临河而居，河畔逐渐兴盛，饭馆、药店、小吃摊、酒家、茶馆、客栈鳞次栉比，人称“菉溪老街”。镇志记载，北宋末年，老街有小弄二十多条、寺庙二十一座、跨河桥七座、茶馆六家、书场两家，所谓“楼台红树顶，烟火绿葭浜”，绿葭就是菉葭，菉溪镇的别名。我爷爷奶奶来菉溪镇时，老街上最有名的饭店叫曹家楼，最大的茶楼叫陆万德茶馆，还有一家名为“陈万兴”的老字号糕食茶果店，专营桂花糕、云片糕、芝麻饼、枣泥饼、糖枣等小食点心，尤其以糖枣闻名。“陈万兴”的糖枣以糯米制成，发酵后油炸拌糖，形似蜜枣，松脆可口，据说以前是做过贡品的。

我奶奶把新诚老板给的那一两黄金缝在我爷爷的棉衣里，哪晓得到了年底，我爷爷把棉衣送给了厂里的穷弟兄。等我奶奶发觉，再追去讨要时，人家矢口否认，哪来什么黄金。

昆山县内共有五座国营碾米厂，国二厂的规模最大，装配了四砻十五机，每年可加工四万吨稻谷。放眼全省，也仅次于南京的集合村碾米厂（八砻三十机）。每年的水稻收割季，一船船稻谷运到粮库，再经粮库调拨，送至国二厂的加工车间。稻谷经除杂、砻谷、筛选、碾白、再次筛选、冷却、打包这几道工序，变成了大米。大米有各种级别，以粳米为例，一百斤稻谷可以打出七十五斤“标二粳”，或者七十二斤“标一粳”。级别越高，产出率越低。最高等级的“特一粳”，一百斤稻谷只能打出六十八斤。

五十年代末，国二厂有正式员工一百零八人，号称“一百单八将”。我爷爷是可以坐到天罡星前几把交椅的。他入了党，评上了劳动模范，胸前戴着大红花去县里领奖。他的工种是钳工，解放前叫“外国铜匠”，实际是车、铣、刨一肩挑，什么车床都得开，什么机器都得修。工友说，哪台引擎不转了，我爷爷过去听一听，就知道故障出在哪里。他是厂里仅有的两位八级钳工，另一个是厂长。厂长一个月拿八十四块，我爷爷拿七十四块，而当时学徒工的工资是十六块。即便如此，钱依然不够用，家里陆续添了五个子女，张口就是用钱。最窘迫的时候，我爷爷宁可找朋友借钱，也不愿行使一下车间主任的权力，为自己谋取一份补助金。我奶奶半是骄傲半是无奈地对我说，你爷爷是硬气惯了的人。

他曾参与一项厂里的技术革新——砻糠发电，燃烧米糠以产生电力，推动碾米机运转，能省下不少柴油。昆山县总工会奖励他，安排他跟我奶奶去太湖边的工人疗养院住了三天，这是他俩来菉溪后第一次返回无锡。过无锡城时，两人特意去了趟“王兴记”，分着吃了一笼蟹粉小笼，“味道没变”。

我奶奶珍藏着一张在疗养院的黑白照片，她梳着短发，坐在一块石头上，我爷爷穿一件白色的确良短袖衬衫，站在她身后，目光像眺望远方。背景是烟波浩渺的太湖。时间太久，照片有点漫漶不清，像隔着无声的风雪。

菉溪素来种单季晚稻，俗称“晚粳”，每年立秋前插秧，霜降前收割，生长周期约为一百五十天。农谣里唱，“白露白迷离，秋分绣稻齐。寒露无青稻，霜降一起倒”，意思是，寒露后霜降前，是水稻的最佳收割时间。除了大田水稻，本地还有一些特有的水稻品种，农民叫“私家稻”的，比如“老来青”“金南风”。我奶奶说，“老来青”的产量低，亩产五百斤就撑破了天，但颗粒洁白，入口软糯，是水稻中的上品。刚打下的新米简单淘洗一下，架在柴火灶上，炉膛里塞进点燃的小把稻草结。火苗散开，锅底均匀受热，米粒随水沸腾，米汤渐渐变浓变稠。停火后焖一刻钟，再在锅底添上一二把豆萁、棉秆续火。熬成的粥稠糯润厚，清香四溢。尤其是漂浮的一层粥膏，微微泛着绿光，是大米的精华。谁家产妇奶水不够，便用这粥膏替代母乳，滋养婴儿。

“浮夸风”“放卫星”的年代，每支生产队都声称自己的产量如何之高。通常的做法是，把几块地收来的稻子堆在一块地上，然后敲锣打鼓去公社大楼报喜。根据虚报上去的产量，粮食按比例拉走，小镇迎来了艰难岁月。我爸和弟弟妹妹们天天喊饿，我奶奶就从自己碗里扒出一口，再扒出一口。她自己饿得受不了的时候，学人家农民吃过青苔，连土一起，卷一卷送进肚子，有点像现在的寿司手卷。我奶奶说，菉溪算好的，附近有一个镇，上头批了救济粮，领导决定压一压，等农忙的时候再发。许多人就此没挨过去。

五十年代起，昆山县开始推广双季稻。到了六七十年代，“以粮为纲”是压倒一切的政治任务，双季稻的种植规模达到了顶峰。在蒃溪，百分之一百的农田都种植了双季稻。别的还好，最苦的是“战双抢”，即“抢种抢收”——抢收前季稻，抢种后季稻，时间在七月下旬至八月上旬。时间紧，劳动强度大，又遇上高温酷暑，蚊虫蚂蟥，艰辛程度可想而知。稍有延误，立秋后天气转凉，后季稻会瘪谷，严重影响产量，甚至颗粒无收。为了赶进度，生产队长天不亮就吹起床号；日落后，田头挂一盏汽灯，继续夜战。一切都多快好省了，一切都大干快上了。当时有一句口号——“上午一片黄，中午一片黑，晚上一片绿”，意思是早上还是一片黄澄澄的稻田，中午已经收割、耕翻完毕，露出黑色的泥土，到了傍晚全部插上秧苗，远远望去，满眼的绿意。

农民划着船，把稻谷送进粮库，等待加工成大米。双季稻是籼米，生长期短，口感粗糙，我奶奶说，吃到嘴巴里一粒一粒的，没有大米的味道。后来推广“早籼晚粳”，后季稻改种一种叫“苏粳”的粳米，但由于光照、生长时间不足，还是能嚼出渣渣来。即便如此，吃饱肚子依然是一件奢侈的事情。出厂的大米大多运到上海，再装箱出口，或换得外汇，或支援社会主义兄弟国家。从前，一斤“特一粳”能换四斤老挝籼米，或者两斤加拿大面粉，改种双季稻后，国际市场上就卖不出好价钱。

入冬前，农民收割完后季稻，再种植一季的大元麦或者油菜。一年三熟，人也无休，地也无休。土地严重透支，“庄稼一枝花，全靠肥当家”，农民挖河泥、烧草木灰，想尽一切办法积肥。地里的活稍稍喘口气，农民就划着水泥船，去上海运回大粪和泔水。一般来说，五吨的水泥船配两个壮劳力，十吨的船配四个壮劳力，顺风张帆，逆风拉纤，日夜兼程，两天能赶到苏州河边的粪站，一趟来回要四五天。饿了烧稻草，煮一点籼米饭，就着咸菜、萝卜干吃，晚上和衣睡在稻草上。有人在棉袄下藏几个鸡蛋，瞅准机会上岸，跟上海人换粮票。换多少凭运气，有时三个鸡蛋能换一斤粮票，有时得十个鸡蛋，最倒霉是碰上便衣，鸡蛋当场没收不说，人还得跟着走一趟。

一直到分田到户，农民才能真正决定种什么不种什么，双季稻就此在苏南销声匿迹。许多水稻老品种，如“老来青”“金南凤”，此时已经难觅踪迹。

鹤塘浜早已被填平，成了一条石板街，七座跨河桥也先后被拆除了。曹家楼和陆万德茶馆相继打烊，我奶奶钟爱的“陈万兴”关了门，一伙县城来的造反派扒了龙王庙，后来地皮并入国二厂，七十年代末盖了新厂房。说来也怪，里头的机床三天两头出故障。有人想到龙王庙那一出，说那条龙冤魂不散，出来作祟呢。我爷爷将信将疑，趁一个月黑风高的夜晚，带几个工人摆上贡品，上三炷香，偷偷祭奠了一把龙王七太子。从此机器再没坏过。

作为当时全镇最大的工厂，国二厂占地三万多平方米，正式职工两百多人，另有装卸队一百多人，年利润突破百万。除了主营的碾米业务，米厂还就地取材地生产一些副产品：砻糠用来发电，稻草可以做饲料，或压制成纸箱，附属的酒厂用碎米和白粞酿造高度数的“苏酿酒”。据说口感一般，也就本地人吃吃，关键是价格便宜。一九八七年年底的全厂大会上，厂长宣布，明年职工的年收入将达到四位数。现场一片欢腾。

那是国二厂最风光的年代。我爷爷领到三套液化气钢瓶，一套给我爸，一套给了我孃孃。每逢“五一”、“十一”、春节、中秋，工会发火腿，发鲜腿，发鸭蛋，发大白鹅，整条的青鱼吃不完，下油锅炸一炸，做成熏鱼，能吃一两个月。此外，元宵发汤圆，端午发粽子，厂里在太湖东山有个水果基地，杨梅和枇杷上市的季节，一箱箱运到车间。厂长请来苏州的园林规划师，设计了一座古色古香的二层小楼，当传达室用。落成之日，附近的居民纷纷来看热闹。老人私下嘀咕，这座传达室“长得跟龙王庙一模一样”。

本地产的稻米越来越少，一包包东北、苏北的稻谷被卸下火车，装上拖船，运到国二厂的码头，加工完再卖出去。那几年，厂里的工人几乎吃遍了全国的大米，他们争论着，海丰的武育粳和南充的翡翠米哪个入口更软糯，虎林的长粒香和海兰的珍珠米哪个更适合煮粥。十年内，菉溪镇水稻种植面积减少了七成，油菜种植面积减少了九成，与此同时，工业总产值翻了十几番。

到处是热火朝天的工地，到处有新房子破土而出。相比之下，老街显得安静而破败。吃罢夜饭，老人搬一把竹椅，三三两两坐在门口，扯扯闲话，或是有关拆迁的传闻。

敲锣打鼓声中，我爷爷光荣退了休。

进入九十年代，粮食市场放开了，乡镇企业兴起，各地的碾米厂蜂拥而上，国二厂落在了后面。我爷爷用了几十年的碾米车，换几个螺丝，抹上点机油，徒弟们接着用。曾经的“老大哥”连年亏损，优质稻谷收不进来，成品大米卖不出去。徒弟有时拎瓶酒来看我爷爷，苦着脸说好几个月发不出工资了。三杯过后，大骂领导“贪污腐败”。

下岗大潮汹涌而至。在亏损了好几年后，全厂两百多职工陆续下了岗，根据年龄和工龄，领取一万五到两万五的“买断费”，从此跟工厂再无瓜葛。他们自谋生路，自己交社保、医保，交到六十岁，每个月可以拿两千五的退休金。

有个工人蹲在厂外面哭，说这么大的厂，说倒就倒了。我爷爷劝他，有什么是不能倒的，厂子不在了，生活还得继续，不是吗？他仰头看看我爷爷，说，你有退休金，你说得轻松，我上有老下有小，除了开碾米机什么都不会，每天一睁眼就要花钱，你叫我怎么继续？

严格来说，国二厂还在，只是停产，不算倒闭。厂里还剩下四个人——厂长、副厂长、会计，还有一个看大门的。昆山的五座国营碾米厂，现状大抵如此。

我奶奶记得，二十世纪末的一天，她在灶头忙活，听人说要炸桥了，她跑去看热闹。要炸的是通济桥。多年来，不断有运粮的船只撞击石墩，使这座清代的石拱桥摇摇欲坠。一声巨响，这座历经三百余年的古桥不复存在。

送我爷爷的那天，子女们没让我奶奶去火葬场，怕她撑不住。她一个人坐在院子里，不哭也不闹，安安静静地折纸钱。她说老头子大手大脚，在那边没人管，要多烧点。院子里有一棵我爷爷亲手栽下的柿子树，年年秋天一树火红。我奶奶一生以我爷爷为骄傲，她心甘情愿地跟这个男人来到一个陌生的地方，白手起家，生儿育女。他是她的太阳。我爷爷在世时，两人没吵过架，没红过脸，唯一的一次埋怨，是我爷爷弄丢了那一两黄金。五三年为抗美援朝捐款，我爷爷把我奶奶陪嫁的首饰都捐了出去，我奶奶一句话没说。后来我奶奶上街买菜，常有陌生人对她跷大拇指，你家老头子是这个。

那天从奶奶家出来，我突然起了念头，想去国二厂看看。

厂区静悄悄，野草在风中摇摆。阳光像一船稻谷，倾泻在荒芜的码头上。有几个人靠着废弃的墙根钓鱼，等待某个记忆浮出水面。我走过一排青砖瓦房，那是国二厂的前身——新诚碾米厂于一九一三年建造的仓库。墙面斑驳，依稀可以辨认出“迎接……无产阶级……伟大胜利”几个大字。

丝厂往事

一

阿枣从梦中醒来，梦里的人是忘了时间的。她坐起身，恍惚了好一阵。远远的，仿佛听见了缫丝机的轰鸣。

二十八年前的一个夜晚，阿枣也是这样醒来，那年她六岁。集体宿舍一片漆黑，一个人都没有，姆妈和别的女工都上夜班去了。她伸手开灯，断电了。阿枣想起白天大人讲的鬼故事，一阵害怕，哭着跑了出去。

缫丝车间灯火通明，女工们来回巡视。每人负责两部自动缫丝机，温水槽里漂着蚕茧，每个茧里抽出一根细细的丝。一旦发现断头要迅速接上，不然影响产品质量。有人叫，淑华，你女儿来了。

淑华回头，看见女儿抱一床小毯子，满脸泪痕地站在门口。

淑华让别的女工照看一下机器，抽了块干布，朝阿枣走去。周围人忙说，莫打莫打，小姑娘怪可怜的。

淑华叹一口气，丢下布。阿枣抬起头说，姆妈，我害怕。

此刻九点不到，丝厂的夜班工人九点半下班。姆妈找了个小板凳，让阿枣坐在身边，小毯子铺在膝盖上。机器轰鸣，阿枣挡不住困意，头一点点垂了下来。

姆妈叫醒了阿枣，两人走出车间。食堂供应夜宵，姆妈花一角五分买了一碗菜汤面，两人分着吃。汤热热的，里面有笋丁和咸菜。很多年后，阿枣一直记得这碗面的味道。

这段时间，七号宿舍楼经常断电。一间宿舍住四个人，房间没装插座，不让工人用自己的电器，说是线路老化，承载不了。阿枣姆妈打听到，九室的金娣跟一个电工班的小伙子谈恋爱，小伙子从日光灯上引出两根线，连上接线板，就可以用电。金娣洗完澡，用吹风机吹头发。保险丝一爆，整排楼的灯全灭了。

第二天，阿枣姆妈跑到电工班，问，哪个认识金娣？

多年后，离开丝厂的老工人们在街巷、菜场、超市遇见了，目光碰撞，迟疑，收回。再次碰撞的时候，一个开了口：阿是老早丝厂额？

是呀是呀，我是缫丝车间的，侬呢？

我是选剥车间的。

丝厂太大了。在厂职工最多时有三千，外加一千六百名退休工人。许多职工只是彼此依稀有个印象。彼时，整个小镇的居民尚不足四万。

丝厂有自己的托儿所、幼儿园、子弟小学。过了运河是生活区，图书室、录像厅、舞厅、理发店、小卖部、招待所一应俱全，医务总站是一幢漂亮的小洋楼，大礼堂可以容纳几千人，“文革”时用来开批斗大会。丝厂甚至有自己的派出所。

食堂的师傅们春天做青团，秋天做月饼，夏天会做赤豆棒冰、奶油雪糕、冰砖、酸梅汤，还有一种失传的饮料——果子露，酸甜可口。阿枣最喜欢夏天。早早吃了晚饭，去大澡堂浴个浴，穿上姆妈缝的大肚皮裙，头发湿湿地搭在后颈上。门口摆出一张竹躺椅，左手一根赤豆棒冰，右手一本图书室借来的《红楼梦》。凉风习习，那是记忆中最美好的时光。

二

阿枣的外婆是解放后的第一批丝厂工人。后来外婆退休，阿枣姆妈顶替她进了厂。丝厂如此之大，以至于镇上几乎每户人家都有一两个丝厂职工。

阿枣断奶后，姆妈把她放在邻镇乡下的外婆家。那个小镇盛产榨菜和豆腐干，有一望无际的桑田。丝厂一周放一天假，阿枣姆妈下班后，就沿着铁路步行三十里路，从丝厂走到外婆家。住一个晚上，再走回去。

姆妈要回厂了。她让阿枣跟外婆玩一会儿，自己悄悄收拾了行李。走出门没多久，听见阿枣在身后哭。她知道阿枣会挣脱外婆的怀抱，会追出来，然后摔倒在土路上，爬起来，再摔倒，声嘶力竭地喊姆妈。而她只是抹了把眼泪，加快了脚步。

缫丝车间两班倒。早班工人六点到车间，六点十分开机器，做到十一点，下午从两点做到五点。晚班工人中午十一点来接班，做到两点，再从五点一直做到晚上九点半。机器开了不能停，人可以换班。来接班的人迟到了，上一班的工人就得顶着。为了这早来、晚来几分钟，车间里天天吵架。车间的噪声很大，几十台自动缫丝机开动起来，对面说话都得靠吼。女工的嗓门都粗，脾气都坏，三句话不对付就厮打。骂娘、抓脸、揪头发是基本的生存技能。

阿枣四岁时，姆妈把她领到厂里的幼儿园，晚上阿枣和姆妈挤在集体宿舍一张二尺二寸宽的木板床上。阿枣的阿爸在宁波工作，两个月回来一次。通常，阿爸赶到镇上已经是黄昏了。同宿舍的阿姨们嘻嘻笑着，一个个借故出去了。姆妈对阿枣说，阿枣，去隔壁小姐姐那里玩一会儿好不好？阿枣不开心，嘟嘴出了门，真是的，阿枣有好多话要跟阿爸讲呢。

晚上，三个人挤一张床。有时阿爸见阿枣睡不好，就在地上铺张报纸，将就着过一晚。后来丝厂建了新的招待所，每个房间有两张床，五毛钱一个晚上。阿爸说，阿枣一个人睡一张床好不好？阿枣摇头说，不好，就不好，我要跟阿爸一起睡。

有一段时间，同宿舍还住着一个比阿枣大几岁的小哥哥。小哥哥得了肾病，他姆妈为了照顾他，把他带在身边，每天用一个洋油炉子熬中药。阿枣记得，那一阵，宿舍里总是弥漫着一股涩涩的中药味。小哥哥脸色苍白，不太说话，白天也躺在床上翻小画书。过了几个月，小哥哥回乡下了。

最难熬的是冬天。姆妈上早班，五点起床，五点半叫醒阿枣，给她穿衣服。阿枣不肯起，姆妈一边骂一边用衣服抽。五点五十分，天还黑着，幼儿园没开门，姆妈把哭哭啼啼的阿枣放在门口，转身匆匆离去。六点前赶不到车间，要扣奖金的。

阿枣孤零零地站在冷风里，朝着姆妈的背影拼命地哭。眼泪是热的，落在地上，溅起一小片尘土。

六点多，幼儿园的阿姨来开门，把哭到虚脱的阿枣抱进教室。阿姨让阿枣坐在小板凳上，给她盛一碗热腾腾的白米粥。粥里倒一点酱油，放几颗花生米，很好吃。

三

每年收蚕茧的季节，蚕农们挑着一担担的茧子，或是摇着小船，天不亮就出发，从四面八方赶来丝厂门口的茧站。一年可以收五季茧：春、夏、早秋、中秋、晚秋，以春茧和中秋茧为主。八十年代，一担一百斤的鲜茧可以卖几十块钱。蚕农们卖了茧，兜里鼓鼓的，三三两两地去镇上买米，买布，买鞋，买油盐酱醋，买小姑娘的花衣裳，买小男孩的竹制驳壳枪。勾肩搭背进饭馆，点两个肉菜，要一斤零拷加饭酒。整个小镇喜气洋洋的，比过节还热闹。

鲜茧送进选剥车间，剔除黄斑茧、双蛹茧、霉茧、烂茧，合格的茧子经过真空渗透、高温蒸煮，送进缫丝车间。缫丝机把熟茧的绪丝抽绎出来，缫制成生丝。再往后，经过真空给湿、复摇、编丝、称丝、绞丝、抽检等多个工序，才是合格的产品——白厂丝。打包好的白厂丝被送上货运列车，运到上海或宁波港，装箱上货轮。

丝厂鼎盛的时候，一年生产五百多吨白厂丝，大多出口欧美和日本，换得大笔外汇。八十年代初，一名缫丝女工每月工资二十八元，车间辅助工二十四元，刚进厂的学徒工也有十六元，完成指标有奖金，夏季还有高温费。彼时，一个肉包三分钱，一包飞马牌香烟卖二角八分。老工人都记得，某任厂长在职工大会上讲：丝厂就算不开工，也够全厂职工白吃白用三年。

工人上夜班，食堂做好了夜宵，一车一车推进车间。面条、发糕、麦糕、肉包、萝卜丝包……什么都有。姆妈不舍得吃，装在兜里带给阿枣。阿枣说，最喜欢吃麦糕，软软糯糯的，有一种谷物的清甜。长大后，再也没吃过那么好吃的麦糕了。

阿枣姆妈一个人带阿枣。刨去阿枣的生活开支，每个月还要给乡下的外公外婆寄去十块钱。到了月底，自己吃不上菜，就在饭里拌一点白糖，就着食堂的“白舀汤”咽下去。阿枣很懂事，从来不提“非分”的要求。铅笔削到拿不住，橡皮头用到剩下一点点。小学一二年级时，文具店进了一只毛绒大狗，阿枣每天放了学去看两眼，一声不响地回家。阿枣不太愿意回忆童年，有太多不愉快的往事。很久以来她都觉得，生活本该是这么辛苦的。

一九八一年，丝厂建造了第一批职工福利房。两幢五层楼的老式公房，水门汀地坪，带灶台和蹲坑。比起农民的土屋、运河边的油毛毡棚户，好了不止一个档次。为了分到一套房子，工人们各显神通。镇上最高档的“牡丹”牌香烟（四角九分一包）一时脱销，行政科从早到晚挤满了人，有人号称分不到房子就剁了科长，还有人抱着铺盖堵在厂长家门口。分房名单最终确定，赢家欢天喜地，输家愤愤不平。后来，厂里又造了几批公房。一九九五年，厂里最后一次福利分房。阿枣姆妈背水一战，拉着阿枣，去行政科吵，在厂长办公室哭。终于分到一套四十平的单元房，告别了已经破旧不堪的丝厂宿舍。

四

阿枣想去厂图书室借一套《三国演义》，每次去问，都说借出去了，却不见有人归还。从《基督山伯爵》到《射雕英雄传》，从《几度夕阳红》到《清宫十三朝》，一本都借不到。大家仿佛达成了某种默契，统统只借不还。没多久，图书室就关门了。几千本带着丝厂印章的书籍，散入小镇人家。

在此之前，厂里的理发店和小卖部相继歇业。过了不久，职工舞厅也关门大吉。青工们都去镇上新开的“夜上海”跳迪斯科。

不知从哪一年起，厂门口排队卖茧的盛况消失了。茧子的数量和质量都在下降。农村的年轻人根本不愿意养蚕，辛苦不说，也赚不了几个钱。什么都在涨，茧价却连年下跌。只剩下几个村里的老人，舍不得荒废这祖传的手艺，地里留几棵桑树，每年养一点蚕，卖一点茧。

那是个市场经济风起云涌的时代，外资企业入驻，乡镇工厂兴起。与此同时，丝厂工人的工资好多年没涨了。丝厂不再是镇上年轻人的首选，有经验的工人渐渐流失。一般来讲，工人不会主动辞职，辞职没有钱拿。他会故意怠工、旷工、磨洋工、出次品，等待被厂方开除。然后去财务室结一笔安置费，走人。

机修工阿陆头回家对老娘说，不想在丝厂干了。镇上开了家皮件加工厂，老板是香港人，每个月给六百。

老娘说，丝厂家大业大。

阿陆头说，一个月工资不到三百块，娘子讨不到。

老娘说，你勤谨点，过几年做到工段长，每月多四五十块津贴。再过几年，可以做到车间主任。

阿陆头说，再过几年，可以做到厂长。

老娘说，丝厂有房子分。

阿陆头说，去年是最后一次，分不到的以后没有了。

老娘说，丝厂是国有企业，厂里医院看病不要钱，退休了还有退休工资。你那些私人的、民办的、合资的工厂，现在风光，哪天关门了怎么办？

阿陆头说，总有我吃饭的地方。

老娘说，我是丝厂的老工人，我对丝厂有感情的。

阿陆头说，不要讲了。

再后来，食堂不再供应夜宵。做麦糕和肉包子的大师傅走了。

五

改制后的丝厂成了民营企业，几个原来的厂领导认购了股份，成了新厂的董事。厂名也改了。几个大字拆下来运走的那天，不少老工人落了泪。

阿枣姆妈也下了岗，她和阿枣阿爸在镇上的小商品市场开了家小店，专营中老年女装。店里每周进一批衣服，阿枣阿爸凌晨两三点起床，拼一辆面包车，去杭州四季青批发市场拿货。拿来的衣服有棉麻的，有雪纺的，有牛仔布的，有腈纶的，没有桑蚕丝。阿枣姆妈说，不好卖。

日子波澜不惊。很多年过去了，丝厂的下岗工人，连同酿造厂、纱厂、吊扇厂、铸铁厂的下岗工人们，都渐渐找到了新的活路。有的做家政，有的扫马路，有的看大门，有的开裁缝铺，有的做早点，有的当超市营业员，有的推着板车卖夜宵。沿街住的，开一家杂货店，卖些香烟、饮料，赚一点油盐铜钿。子女结婚早的，就在家里带小孩。有人在镇北的觉皇寺出了家，还有人信了天主。不少男人去开一种类似三蹦子的柴油三轮车，起步价三块钱，近来涨价了。有一段时间，镇上开了好几家小面馆，简陋的店面，两三张方桌，卖鱼片面、腰花面、猪肝面、肉丝面和素浇面，汤里有笋丁、咸菜。有人说，那是丝厂食堂的味道。

他们都老了，像一锅烧开的水，渐渐凉下来，流到了自己该去的地方。阿枣姆妈说，这是命。

近几年，阿枣姆妈的小店生意不太好做。小店周边本来有好几家时尚女装店，陆陆续续关了门。阿枣姆妈想，幸亏中老年人不太会上网，不然早就撑不下去了。

夏天，漫长闷热的下午，阿枣姆妈坐在店里打盹。偶尔有丝厂的老同事来串门，聊聊厂里的往事，抱怨几句当下的物价。老同事有时会带一件衣服走，阿枣姆妈坚持只收进货价。

阿枣去北京念书，毕业后留在上海的一所高校任教。她结了婚，生了孩子，略微胖了一些。每年的寒暑假，她带着儿子回到小镇。高铁坐到市里，换一辆公交车到镇上，下车后再叫一部三轮车。她对三轮车司机说，杏花村，丝厂宿舍。司机说，老价钿，五块。

江津厂

一

十九岁的沈国良站在甲板上。清晨，雾气散去，“东方红”号客轮缓缓停靠在重庆朝天门码头，七天六夜的旅程即将抵达终点。江水拍打，船身轻轻摇晃，岸边的人群和标语渐渐清晰。隐隐传来锣鼓声。

这是一九七四年的初秋。

卡车已经等着了，十几个上海青年一个接一个跳上后车斗。他们的目的地，是一家上海支援建设的“三线”工厂。

从码头到工厂有六十公里山路，“解放”开了三个多小时。当拐过最后一个弯，只见厂门口乌泱泱的人群，都是来迎接他们的。沈国良有些感动，他觉得，自己来对地方了。

一九六四年到一九七八年，中国进行了大规模的三线建设。按照一般的讲法，“一线”指沿海和边疆；“二线”是沿海与京广铁路之间；“三线”指长城以南 、韶关以北、京广铁路以西、乌鞘岭以东的地区。四百多万产业工人、干部、知识分子、解放军官兵，来到西南、西北的深山中，建起 1100 多个大中型工业项目，覆盖铁路、钢铁、煤炭、航空、船舶等产业。史称“三线工程”。

沈国良后来知道，当时厂里的生产基本瘫痪。大家闲着没事做，都跑出来看热闹。

二

沈国良是上海市门合中学的七〇届初中生（实际一九七一年毕业）。六九届是一片红，毕业生统统“上山下乡”，奔赴安徽、江西、云南、黑龙江等广阔天地。到七〇届，形势有所不同。沈国良上头有个阿姐，在上海崇明的农场下乡，沈国良毕业分配时，参考“上海——外地”“农村——厂矿”的互补原则，出路是“外地工矿”——先在上海新中动力机械厂（国营409厂）代训三年半，同时等待分配单位。

一九七五年初，通知下来，沈国良被分到了重庆市江津县的国营467厂。

沈国良在家打包行李，户口要迁到江津。厂里的书记说，这是响应国家的号召，光荣的。报纸上也在讲，“好人好马上三线”。姆妈舍不得，偷偷把户口本藏起来。沈国良翻箱倒柜找不到，忙得一头汗。阿爸坐不住了。阿爸是转业军人，十八岁当兵，二十岁出头去朝鲜，见过世面的。阿爸对姆妈说，你思想太落后了，不能抗拒国家政策嘛。姆妈背过身，哭了。

沈国良攥着户口本，在派出所门口兜圈子。马路上没几个人，也没什么车，几个小青年蹲在背风处吃香烟。姆妈抹眼泪的样子挥之不去。红图章揌下去，就不是上海人了；赖着不走，那就成了社会青年，没单位，没工作，没指望。小姨妈之前出主意，说可以去里弄加工组，跟十几个家庭妇女一起，坐在小板凳上绕线圈，一天赚几分铜钿。沈国良讲，帮帮忙好吧，我坚决不去的。眼看快到下班时间，沈国良心一横，走进派出所，一分钟不到，户口迁掉。按照规定，二十四小时内可以再迁回来。沈国良一夜没睡，内心做剧烈的思想斗争。等熬过这一天一夜，心情反而轻松一点。就这样吧，横竖横了。

一九七五年八月，第一批去江津的同学出发了。

一样是离开上海，情况跟“上山下乡”不大一样。插兄们大多在彭浦火车站上车，亲友可以送到月台，属于近距离目击。汽笛一响，车身一晃，情绪容易失控，动不动哭声震天。去江津是在十六铺码头上船，码头外站着工人造反队和“文攻武卫”的革命小将，送行人员进不了候船室，分别的时刻被提前，情绪稀释掉一点，场面也就没那么撕心裂肺。几个女同学抹了眼泪，男的基本没哭，爹妈都不在，哭给谁看。沈国良借来港务局的工作证，混进码头送同学。大喇叭播放革命歌曲，“东风吹，战鼓擂，现在世界上究竟谁怕谁……”几声汽笛，轮船缓缓离去。

九月初，同学来信，说江津“气候宜人，伙食佳，干活少，风景这边独好。速来”。随信一同寄来的，有撕下的工厂宣传画——厂房气派，红旗招展，男女工人们胳膊粗壮，红光满面。沈国良坚定了决心。

十月二十日，沈国良在十六铺码头上船，同行有十几个上海青年。都是四等票，二十几平米的船舱被切割成十六个铺位，没窗户，舱里闷热难当，沈国良跑去甲板吹风吃香烟。日复一日，风景流逝，过得日脚都不晓得。

后来知道，也有人硬是留在了上海。无论工厂、街道、派出所怎样鼓励、动员，甚至以粮食关系相威胁，立场坚定，就是不走。一年后“四人帮”粉碎，这些留下的青年，陆续安排进了上海的工厂。

三

江津县位于重庆西南角（现为重庆市江津区），地处四川盆地东南缘，因扼守长江要津而得名，是江城，也是山城，距离上海一千七百三十公里。

依据“靠山、分散、隐蔽”的原则，467 厂坐落在群山间的一块坝子里。厂房用石头垒成，基本不打地基，薄薄的一层泥土下面全是花岗岩，厂门口正对一条东方红大街。工厂始建于一九六六年七月，先在涪陵白马，七十年代初迁至重庆江津，由上海沪东造船厂和新中动力机械厂共同承建，主要生产船用增压器。前几批职工全部从上海调来，“沪东”出领导，“新中”出工人。沈国良去的时候，全厂一千五百多名职工，上海人占了一千多，见面很自然地就讲上海话。食堂大师傅也从上海来，会做正宗的糖醋排骨和小笼包。后来有些四川籍转业军人进厂（重庆还不是直辖市），上海人就教他们，“阿拉就是我，侬就是你”。

每天一大早，沈国良去厂里报到，随后去赶集。厂领导都被打倒了，生产没人管。单身汉们搭伙开小灶，轮流买菜做饭。等饭菜快做好了，再去报个到。沈国良的一手好厨艺，就是那时候练出来的。

地域差带来了幸福感。一斤上海市粮票，在上海的黑市价大约是两毛，找国营饮食店的朋友换成等额的全国粮票，拿到江津，可以换到八毛。上海制皂厂生产的固本牌肥皂，每条售价三毛八分，在江津可以换七斤西瓜。上海每人每月供应四两食用油，炒菜时只敢放一点点，刷刷锅底，在江津，两斤半的全国粮票能换一斤菜籽油，或者十个鸡蛋，只只可以挑拣。江津盛产柑子，逢三六九赶场，柑子码成一堆一堆，随便尝，不要钱。上海人门槛精，想吃柑子就顺手捞一个，假装尝味道。一圈兜下来，四五个柑子下肚，根本不用买。

沈国良给家里写信，阿爸姆妈，你们好。他从来没这样跟他们讲话，你们好。阿姐好吗，小姨妈好吗，我这里一切都好，报喜不报忧。结尾，照例致以革命的敬礼。他不想敬礼，他只想坐在姆妈阿爸中间，就着黄泥螺，吃一碗热腾腾的菜泡饭。此地没有菜泡饭，此地也没有豆浆粢饭糕，此地有广柑、花生、米花糖、泡菜、江津老白干，和浩荡的江风。他和所有上海籍职工一样，攒着假，眼巴巴盼着过年探亲的日子。

八十年代初，生产恢复正常。每天早上六点半，喇叭里吹起床号，然后转播中央人民广播电台的新闻与报纸摘要。广播声中，人们起床，刷牙，洗脸，倒痰盂，洗拖把，煮早餐，吃完早饭就去上班，宿舍离车间很近，走过去不到十分钟。

休息日，男青年有时结伴去重庆市里耍，早期是扒卡车。重庆多山，卡车上坡减速，正好方便扒车。后来发展成伪造火车票。江津县有火车站，每天发几班慢车到重庆。沈国良他们弄来些原始票据，用一根针慢慢地戳，戳成机器打孔的样子。胆子大的，敢伪造回上海的车票。

那时候，重庆到上海有南北两条铁路线，南线走贵阳、怀化、娄底，北线走成都、德阳、汉中，都是五六十个小时。南线过贵州，三线厂多，上海人也多。特别是春节前，沿途好几个车站，黑压压全是人，到处讲上海话。每次火车过这些地方，沈国良都高度警惕，提前锁好车窗。没用。车窗被扁担强行撬开，接着行李塞进来，人再翻进来。老式的火车硬座，一排坐三个人，有人过来开上海话，朋友，挤一挤好吧。到后来，地上坐满人，上厕所得走个把小时，一只脚抬起来就落不下去。干脆等车到站，从窗口翻出去，男同志一边，女同志一边，集体解决。遇到小站，停靠时间短，便时常上演些铁道游击队的飞车戏码。

沈国良当了几年厂里汽车队的维修工，后来坐进办公室，任经营销售科科员。出差的机会多了，哪怕去的是大连、青岛、连云港，都要想方设法绕到上海，看一眼姆妈阿爸。一听说沈国良要回上海，立马十几个人围上来，拜托带这个带那个。最受欢迎的是全国粮票，此外有白糖、卷子面、腊货、水果糖、饼干、糕点、肥皂、布料、卫生纸、各类书籍、最新款式的夹克衫，男的要一双“博步”皮鞋，女的要“蓝棠”，还有人要求带大米。车间工人属于重体力劳动者，男职工每月定量供应36斤口粮，女职工31斤，干部及脑力劳动者都是29斤，百分之六十是粗粮，个别上海人吃不惯。有一回，因为要带的东西太多，沈国良只得找老北站的朋友帮忙，提前上车放行李，足足占了一节车厢三分之一的行李架。每一样都细心地扎好，再用绳子绑在一起。沈国良一路不敢睡，时刻监视这批宝贝，靠吃香烟熬过五十多个小时。他在一个叫九龙坡的货运站提前下车——不能直接坐到重庆站，不然得补一大笔行李票——电报提前几天拍到厂里，讲清楚，哪一班车哪个车厢，几个工友早早候着。列车只停靠几分钟，沈国良拉开车窗，迅速把行李一样样丢出去，一车厢的人都来帮忙，最后，人翻下去。卡车停在铁轨旁边，工友们一拥而上，东西一样样搬到车上。沈国良手插在裤子袋袋里，有人走上前，给他点一支香烟。一口烟雾吐出，骨头一节节松懈下来。回厂路上，沈国良坐在副驾的位子上，头一歪，睡着了。

在一封家书里，沈国良告诉阿爸姆妈，最近在“谈朋友”，对方是厂里的上海人，叫张萍，并附上张萍的照片。回信里夹着大面额的全国粮票，姆妈嘱咐沈国良，要“好好待人家”，等过年回上海，能不能带到家里看看。

婚后第二年，张萍在厂部医院生下了儿子小云。厂里有托儿所、幼儿园、子弟小学，一条龙服务，生病了直接抱厂部医院，吃药打针不要钱。有的工人假装咳嗽，领两瓶止咳糖浆，抹在馒头片上，模仿外国人吃果酱面包。

小云一岁多时，沈国良带他回上海。沈国良认识几个列车员，经常发发香烟，人家就安排他睡空置的卧铺。那次不太巧，一晚上挪了四五次地方，小云一趟趟被弄醒，又不会说话，就捏着两只小拳头，眼睛瞪着大人，表达自己的不满。回江津前，沈国良先去宝山路天目路转角的一爿文具店，花一角三分钱买了一张牛皮纸，晚上摊在座位底下，一家三口蜷在一起，睡了一个安稳觉。

从一年级起，沈小云放学后就自己回家，脖子上挂一只钥匙。没人觉得稀奇。三线厂的小孩几乎人人挂钥匙，父母忙着上班，爷爷奶奶外公外婆远在千里之外。从子弟小学到职工宿舍是一段几百米的上坡路，小朋友蹦蹦跳跳，胸前的钥匙也跟着跳。

四

跟知青比起来，三线职工有一种隐约的优越感——不用面朝黄土背朝天，也不用挑大粪浇大田，再怎么讲，工人阶级也是领导阶级。七九年知青大返城，三线职工不在政策之列。有人去找厂领导，要求开证明，证明自己也是“知青”——有知识的青年。

像什么松动了，从前不敢想的，现在敢想了，从前说“扎根一辈子”，现在，有办法的人一个个回去了。虾有虾路，蟹有蟹路。高考是一条路，到处有人埋头念英语、解方程，高中数学课本成了抢手物资。结婚是一条路，找不到上海市区的对象，就找郊区的，城镇户口不行就农村户口，真结婚不行就假结婚。有对夫妇，先是假离婚，再各自找人假结婚，辛辛苦苦，搞七捻三，峰回路转，破镜重圆。为一纸上海户口，闹到兄弟反目、父子成仇，都不算稀奇事。工作调动也是一条路，上海实在调不进，就想办法调苏州、南通、无锡、南京、合肥……近一点是一点。相对来讲，单身青年比较好调动。当时东海舰队有一批四川籍官兵退伍，分配到上海的钢铁厂。这帮人不太愿意去，都想回四川。厂里便运作，让这批人来467厂，钢铁厂的名额置换给厂里的单身青年。皆大欢喜。

沈国良和张萍是双职工，又有子女，调动起来难上加难。阿爸姆妈的年纪一点点上去，每次回家都像更苍老了一点。姆妈叹气，说以后我跟你爸万一有什么，也叫不到你。说着掉下泪来。那次沈国良听朋友讲，上海西边有个叫蒹溪的小镇，归江苏昆山管，镇上新办了一个小汽车维修厂，缺技术人员。朋友说，要不要去看看？

沈国良从新闸路的家中出发，先坐一辆公交车到北区汽车站，换北安线到安亭，再跳上一辆发往昆山的省际客车，中途在菉溪镇下车。公路边是一片水稻田，点缀着稀疏的民房。几个农民直起腰，朝这边张望。

小汽车维修厂的厂长热情地接待了沈国良，又带他拜访了镇委书记。书记说，上海人愿意来，顶好不过。沈国良算了算路上的时间，五个钟头不到。他当场拍板，我来。

回到467厂，沈国良打调动报告。经营销售科由厂长直接分管，沈国良平时表现好，业务能力强，厂长不肯放人。沈国良托人催过几次，就是批不下来。小汽车维修厂打来电话，沈国良只好说，再等等，再等等，就快要办好了。有天早上，沈国良买菜回来，在集市口碰见了厂长。厂长手里拎一个旅行包，正在东张西望。沈国良打招呼说，厂长，出差啊。厂长说，不是，拉链坏掉了，找人来修，好像来早了一点，摊头没摆出来。沈国良说，厂长，拉链我会修的，交给我好了。厂长很高兴，说了声谢谢，把旅行包递给沈国良，自己先回去了。

沈国良找个茶摊坐下来，要了一杯老荫茶，慢慢吃。大约半小时后，修拉链的摊子摆出来了，沈国良叫人家修好，付掉五分钱。吃过午饭，沈国良跑去敲厂长家门，厂长说，啥人啊。沈国良说，是我，小沈，包修好了。厂长开门说，小沈啊，请进请进，坐一歇，吃根香烟。香烟吃到一半，沈国良说，厂长你看，我也挺不容易的，费了九牛二虎之力，总算联系到一个单位，还希望厂里多支持。厂长说，应该的，应该支持的。沈国良说，听说是厂长你不同意？厂长跳起来，说，没有的，没有的事，啥人在瞎讲？沈国良说，劳资科的人讲的。厂长气愤地说，这是瞎讲，是在诽谤我，我现在就给劳资科打电话。厂长拿起电话说，喂，喂，是劳资科吗，我厂长啊，叫科长接电话。厂长在电话里骂人，沈国良在一旁劝，好了好了，骂就不要骂了，厂长你表个态就可以了。厂长对着话筒大声说，小沈调动的事情，我当然是同意的，人家辛辛苦苦联系好了，肯定要开绿灯的嘛。这时上工喇叭响了，沈国良摁掉烟头，起身说，我上班去了，谢谢厂长，厂长再见。沈国良直奔劳资科，要求当场办调令。厂长有言在先，劳资科不敢怠慢。不一会工夫，调令办出来了，红图章敲好，送到厂里的收发室，等挂号信寄走。当时467厂专门配一个邮递员，是江津本地人，每天开一辆三轮摩托来回县城和厂区。沈国良找到这个人，递上一包红塔山，说，麻烦跑一趟，把这封信送走。邮递员说，急啥子，等快下班再说嘛。沈国良说，事情实在紧急，要不我开卡车送你过去？邮递员说，不用不用，我跑一趟就是。三轮摩托绝尘而去。

邮递员前脚走，后脚厂长的电话打到劳资科——沈国良的调令先压下，过一阵再说。劳资科科长说，厂长，调令已经送出去了，没办法了。

有人为沈国良感到惋惜——467厂是全民所有制大厂，小汽车维修厂不过是镇办企业。沈国良则相信，凭自己的本事，哪里都有吃饭的地方。也有人悄悄跟他讲，小沈，你先去探探路，要是好的话，我们也来。

五

沈国良在小汽车维修厂干了不到半年，就调到菉溪镇政府下属的外贸公司，负责招商引资。书记看重他，专门陪他到镇政府的招待所，对工作人员说，以后小沈带客人来吃饭，要好好招待。末了，又加一句，小沈签字算数的。

一九八八年底，沈国良听到消息，几家三线厂的领导在上海开会，分别是：生产船用油泵的国营465厂，生产柴油机零件的国营466厂，以及沈国良的老东家，国营467厂。467厂在江津，465厂和466厂在重庆永川，相距不远，都是上海援建的企业。沈国良认识其中的几位，电话打过去，邀请他们来菉溪镇做客，有小汽车接送。听说菉溪不远，也因为沈国良的好人缘，领导们便来了。席间聊起刚结束的船舶行业订货会，这是由这三家重点企业牵头的全国性订货会，每年举行一次。沈国良提议，不如明年放在昆山开如何。领导们你看看我，我看看你，眼下老酒也喝了，大闸蟹也吃了，订货会开在哪里都是开，不如送个顺水人情。这场原定于浙江淳安的订货会，就这样被“撬”到了昆山。沈国良加入会务组，负责后勤筹备工作。

沈国良晓得，参会的这批人都是各家工厂的头头脑脑，见过世面的，不少人在八十年代就坐过飞机。沈国良想，得弄点不一样的给人家吃，老是红烧肉不行。问题是，很多食材要么没有，要么价格贵得离谱。怎样在有限的预算里让客人吃好喝好，这事伤脑筋。苦闷之际，沈国良想起从前的客户——苏北一家海洋渔业公司，请他们帮帮忙。电话打过去，苏北人很爽气，成板的冻带鱼、冻黄鱼、冻鲳鱼，要多少拉多少，全部按批发价给。沈国良有意多采购了一些，用不掉的，就跟政府招待所商量，换成水产禽蛋。菜肴一下子丰富了。

订货会顺利召开，宾主尽欢。这是在昆山举办的第一个全国性会议，菉溪镇记了头功。对菉溪镇来说，这件事情的意义，远不止一个东道主那么简单。

订货会像一场相亲，让小镇和三线厂深入地了解了彼此。小镇要发展，三线厂有技术；小镇要人才，三线厂的那帮上海人，正日思夜想心心念念地要回来。离上海近，是菉溪镇最大的优势。镇上拿出最大的诚意，吸引三线厂来办分厂。政策大开绿灯，土地购置费最高一次性减免三十万元。此外还有隐性优惠，比方跟上头打报告说，某某厂占用耕地多少多少亩，附送鱼塘一个。实际上，鱼塘可能并不存在，面积是白送的。沈国良的老东家，国营 467 厂，头一个谈妥了协议。共计转让工业用地 22 亩，包括八百平米的三层办公楼、三个标准车间，外加附属的仓库、车库，总共八十六万元。实际支付五十六万元。

还有一家三线厂，计划首批迁十户工人过来，现成的宿舍只有八间。某次饭桌上，沈国良给这家副厂长，一个戴眼镜的上海中年男人，斟了满满一杯双沟大曲。副厂长瞪大眼睛问他，老沈你做啥？人人晓得，副厂长从来滴酒不沾。沈国良给自己也斟满一杯，对副厂长说，今朝这么多人，书记也在，你喝了这杯酒，镇上给你解决住房问题。大家起哄。沈国良转头问书记，我沈国良刚才说的话，阿算数？书记说，算数的。沈国良仰头将杯中酒一饮而尽。副厂长站起来，抓起酒杯，一口闷掉，随即脸色剧变，摇摇晃晃往外走。还没走出房间，突然跪倒在地，哇的一声吐了。第二天，镇上派来砖瓦匠泥水匠，十几天工夫，盖起两间新宿舍。

一九九二年九月二十一日，江津增压器厂（467 厂）昆山分厂在菉溪镇镇北路 83 号挂牌成立。镇上人就叫它“江津厂”。

江津厂的落成，像打开了一扇闸门，总厂的上海籍职工纷纷打报告，要求调到分厂。不少三线企业也闻讯前来洽谈咨询。质疑的声音不是没有。总厂员工流失，生产和业务受到一定影响。市场经济下，分厂实际上成为总厂的竞争对手。有人说，这是挖三线工程墙角，薅社会主义羊毛。

事实证明，菉溪镇是有远见的。三线厂的引进，不仅大大增加了工业产值，提高了税收，也带来了资金和技术，带动镇上一批配套加工厂，同时拉动了消费。镇上最早的商品房——菉溪新村，单一个江津厂就买了40套；另一个商品房小区——育才新村，江津厂买下72套，作为宿舍分给职工。尝到甜头的菉溪镇政府，专门成立了“三线建设引进办公室”（简称“三线办”），由沈国良担任办公室主任。

整个九十年代，“三线办”共引进三家工厂、两家公司，累计调动工作五百余人。算上家属子女，八百多名“上海三线人”落户菉溪镇。

大家讲，沈国良是那个扛着闸门的人。还有人不知哪里听来的名词，开玩笑叫他“平原上的摩西”，沈国良的反应是“朋友帮帮忙”，“不要吓我”。按他的讲法，当初不过是想离爷娘近一点，再近一点。是一系列的机缘巧合，让自己做成了一些事情。

六

一九八八年八月，七岁的沈小云告别了467厂子弟小学的同学们，跟着爸妈先坐火车，再换汽车，来到这个吴淞江边的小镇。

宿舍还没落实，一家三口就住在厂里，办公桌上铺张席子，天天烧煤油炉。沈小云每天一大早起床，穿过318国道，走四十五分钟到镇上的小学。

沈小云很快成为学校的风云人物。有一天，他穿了一件佐丹奴的夹克衫去上学。在那个衣服上印拼音字母都很少见的年代，一件 Giordano 实在是太老卵了。小学生怎么可以这么老卵呢？于是他被几个街上的混混截了道，最后只穿着汗衫跑回了家。

随着江津厂的落成，更多的 467 厂子弟来到菉溪镇。镇上人搞不清知青子女和三线子弟的区别，只晓得，又一批上海小囡来了。

跟镇上的小孩相比，467 厂子弟大多时尚而自信。三线厂是上海的飞地，仿佛隔着山川田野，直接受某种辐射。他们带来最新的电影音乐杂志、最时髦的 T 恤和最拉风的发型；他们在晚会上表演迈克尔·杰克逊的太空步，把台下的街上囡村里囡震得一愣一愣；他们玩航模，听摇滚，把《假行僧》写进情书，把《垃圾场》写进作文，让姑娘和语文老师心惊肉跳。其中的一个男生，对着全班人夸下海口——以后我开公司，你们都来给我打工。

也就是那个男生，跟一个隔壁班的女孩在木瓜河边搂搂抱抱，被校领导抓了现行。此举刷新了菉溪镇小学生的早恋（被抓）纪录。校方震怒，威胁要开除，男生的父亲愁眉苦脸地来找沈国良。老沈跑到学校，校长卖他的面子，最后记了个警告，下不为例。

搬到菉溪镇后，沈国良隔两个礼拜往返一趟上海。姆妈很欣慰，沈国良却不满足。他要解决这最后的四十公里。正常办迁户手续，除了要满足各项政策规定，还得交一笔城市建设费、这费那费，加起来好几千块，相当于沈国良几年的工资。（此处沈国良夹评：上海人花头经老透的。）沈国良回了一趟江津，找保卫科的前同事帮忙。老酒一吃，人家答应下来。保卫科联系到附近的乡村，生产队红图章敲出来，证明沈国良是插队知青。沈国良兴冲冲跑到上海的派出所，材料从窗口送进去，立马推出来，说是假的。（沈国良：上海人太坏。）沈国良又找医院的朋友开证明，说自己有残疾，再拿着残疾证办退休。退休证递进窗口，照样推出来，说没用。（沈国良：上海人实在太坏。）等过了几年，政策改变，说无论支疆，支边，知青，还是三线，只要是从上海出去的，子女都可以回上海，这才解决了沈小云的户口问题。等到沈国良从“三线办”退休（这次是真的退休），再以“投靠子女”的名义（沈国良：我投靠伊，帮帮忙好吧），把自己和爱人的户口迁回了上海。

拿到户口本的那一刻，沈国良并没有想象中的激动。他翻了翻，把本子塞进上衣内侧袋，出门骑上车，去附近的国营饮食店买一客馄饨芯。回不来，上海是心口的朱砂痣；回来了，上海是一张纸。

相比之下，沈小云对上海就谈不上啥感情，也理解不了沈国良的那种执念。也难怪，沈小云出生在江津，从小没去过几趟上海。小学二年级转学来菉溪镇，在镇上读到高中，一口昆山话倒是讲得蛮顺溜。回到家里，沈国良还得纠正他的上海话发音，免得“洋泾浜”，将来遭人笑话。

沈小云高考前，沈国良跟他一起填志愿，填到深更半夜，清一色上海的大学。第二天沈小云去学校，东北来的班主任说，上海的学校分数线高，不划算的，统统改成哈尔滨。沈小云回家也不响，等沈国良知道，志愿表已经收上去。沈国良气得要死。

大学毕业后，沈小云回到昆山，入职一家外资企业。有次去重庆出差，专门跑了一趟江津。老门卫记得他，放他进去转一圈，拍了好些照片回来。正值长假，厂区空荡荡，地面潮湿，像刚落过雨，石头房子外墙长满了爬山虎，子弟幼儿园已经被推平，当年上海人栽下的梧桐树都长得老高。沈国良想，儿子也是个念旧的人。

跟知青子女不同，三线子弟对上海的归属感要弱一些。江津厂的小孩后来在上海工作的并不多，他们有的出国，有的去北京，有的留在昆山，大多发展得不错，显示出较强的适应性。有个女生在昆山的一家 4S 店工作，任销售经理。有了孩子后，她便辞职，成为一名全职妈妈。也许，那些挂着钥匙、独自回家的记忆还是影响了她的选择，潜意识里，她希望给孩子更多的陪伴。那个声称要全班人给他打工的男生，毕业后去了日本，当一名健身教练。

姆妈去世前，沈国良鞍前马后地照顾，夜里就和衣睡在病床边。自十九岁离家，头一次跟姆妈朝夕相对，是在病房。姆妈几次梦中唤他的小名，沈国良握住姆妈的手，说姆妈，我在，我在这里。姆妈睁开眼睛，哦，你回来了。

江津厂的老职工们到了退休的年龄。他们基本都在那几年进厂，又在差不多的时间离开。一些人想办法回到了上海，剩下的就待在菉溪镇上，习惯了，打麻将都是老搭子。当年厂里分配的宿舍，后来都转成私人，象征性的，每户出了六千块。也蛮好。如今交通方便，坐几站公交车到隔壁花桥镇，地铁 11 号线直达徐家汇和迪士尼。镇北的夏驾桥建了一个高铁站，一天停两班高铁，到上海站十六分钟。也不常去。

沈国良的妻子张萍每年做一次泡菜，这是在江津生活了近二十年养成的习惯。白菜、青笋、萝卜、豇豆、黄瓜，乃至鸡爪、猪耳朵、牛百叶，皆可一泡。来菉溪镇后，张萍抱怨，泡菜不如从前的爽脆。她把问题归咎于水。在她看来，无论是江南的井水、雨水，还是瓶装矿泉水，终究比不过长江上游的江心水，“那水是活的”。前几年，朋友大费周章，运回满满一桶江心水。张萍如获至宝，每次做泡菜时用上一点，配上自贡的井盐，汉源的贡椒，双流的二荆条，再倒一点江津老白干，压在缸里。

兄弟们都老了。厂里有个卡车司机，生龙活虎一条大个子，去年查出胃癌晚期。肚皮划开，医生看了一眼，又给缝上了。家里人瞒着他，只说肿瘤已经切除，他自我感觉还蛮好，“吃得落睏得着”。还有一对双职工，孙子得了自闭症，老两口听说长宁区有家特教学校，便带着孙子，每天一大早赶公交去花桥，11 号线调 2 号线，总共 22 站，再换公交车。孙子上课的时候，他们就坐在外面的马路牙子上，吃冷馒头，喝装在矿泉水瓶子里的凉白开。

一个偶然的机会，沈国良见到几个当年“硬留”在上海的老同学。同学告诉他，那时分配工作也像高考填志愿一样，分好几档。“本一”是仪表局、机电一局下属的单位，福利好，奖金高，比如华东开关厂、上海无线电一厂、二厂；“本二”是手工业局（上海手表一厂）、商业局（百货公司立柜台）；“本三”是卫生局和环卫局，当护士，或者像老头子一样去种花种草。若干年后，三档变一档，成了事业单位，一档二档里好多人都下岗。当年最蹩脚的，是落到街道工厂，或者里弄加工组。结果人家混几年，表现好点的，或者额角头高点，就调到居委会和街道办事处，成公务员了。

沈国良和张萍如今住在上海，老房子前几年拆迁，分给他一套顾村的三居室。儿子和媳妇在昆山工作，都忙。孙女之前在昆山读国际小学，今年在沈国良的建议下，转到了上海的私立，“总归要回来的”，接送孙女上学的任务落到老两口头上。沈国良戴上老花眼镜，认真研究孙女的课本。英文肯定是死蟹一只，语文也就勉强多认识几个字。沈国良叹气，年轻时没机会学文化，现在三年级的奥数题做不来。

隔几个月，他跟江津厂的几个老兄弟见面，找家重庆火锅店坐一坐，“你说怪吧，在重庆的时候从来不吃火锅”。服务员端上九宫格，热气腾腾。沈国良夹起一片毛肚，旁边的人说，毛肚七上八下，烫不过十秒，不然就老了。

姐姐

姐姐听张国荣、谭咏麟的时候，我们还在“啊哈啊，啊哈啊黑猫警长”；等我们听上四大天王，姐姐已经在追 U2、Nirvana 了。

我们念“白毛浮绿水，红掌拨清波”，姐姐张口就是“告诉你吧世界，我—不—相—信—”；等我们装模作样地捧一本《钢铁是怎样炼成的》，姐姐的书架上赫然立着萨特和波伏娃。

姐姐读高一，我们四年级。

我们一直努力地追赶姐姐，可好像永远只能望见姐姐的背影。这真叫人丧气。

姐姐是邻居家的姐姐。

姐姐穿牛仔裤去学校，屁股包得紧紧的。几个坏小孩跟着走了一路。姐姐的胸部微微隆起，夏天，透过白衬衫，看见内衣的轮廓。

姐姐有个弟弟毛子，三年级小屁孩一个，整天拖个鼻涕，觍着脸跟在我们后面，要求加入打仗游戏。我们嫉妒毛子，嫉妒得要死，这个年龄段的小孩，除了他，谁都没有哥哥姐姐，何况还是那么好看的姐姐。我们假装愿意带毛子一起玩，为的是有理由去他家里，看一眼姐姐的房间。

姐姐从房间走出来，胳膊底下夹一本书。我们连忙说，姐姐好。姐姐说，来找毛子玩的吧。我们说，是的是的。姐姐不再理睬我们，昂着头出门去了。车小匪说，姐姐冷若冰霜的时候，最迷人。

姐姐家在底楼，晴天，衣服晾晒在院子里。车小匪探头探脑，啪，一记巴掌拍在后脖颈。汤圆笑嘻嘻地说，别看了，这胸罩款式那么老土，肯定是毛子他娘的。两个人扭打起来。毛子叫，别打啦，把我家的花盆都碰翻啦。

终究还是不知道，那些白蝴蝶般翻飞的小衣裳，哪件会穿在姐姐身上。

毛子说，姐姐中考发挥失常，才落到镇上的高中。她本该去县城或者省城念书，而不是呆在这个鬼地方。

姐姐坐在自行车后座，一只手勾住男生的腰，两人有说有笑。见我们在一旁呆看，姐姐脸色变得煞白。她跳下车，恶狠狠地威胁，不准说出去，听见没，否则，哼哼。

姐姐连凶的时候都那么好看。

毛子说，姐姐之所以中考失常，是因为考前半个月，当时的男朋友提出分手。姐姐把自己反锁在房间，好几天不吃不喝。我们听了，心情复杂。

我们长得没姐姐高，力气没姐姐大，姐姐书橱里的外国小说，我们一本都没听说过，高中课本更是天书一般。什么时候才能长大？什么时候才能像电影里的男主角那样，走到姐姐的面前，拭去她脸上的泪水。

听说吊单杠有助于长个子，我每天都去操场，把自己挂在一根横杠上，像晒咸肉一样吊着。车小匪嘲笑说，这样只能拉长上半身，到时身长腿短，更不好看了。

县城有名的帮派叫“青龙帮”，据说人人背上文一条龙。镇上的混混们也竞相模仿，在胳膊上文各种飞禽走兽。我想，要是有混混来纠缠姐姐，我会毫不犹豫地挺身而出。我想象着，自己怎样英雄救美，怎样以一敌十，怎样被混混捅了一刀，怎样血流不止，含笑死在姐姐的怀里。或者战争年代，枪林弹雨里保护姐姐；或者世界末日，山呼海啸里保护姐姐。为姐姐死，我愿意的。

九十年代初的小镇，洗澡得去公共浴室，烧锅炉的那种。锅炉工烧完一天的份额，就封上炉子，锁好铁门回家。一个秘密在坏小孩中流传——锅炉房后窗有一根坏掉的插销，用力能推开，翻进去，找到一根通向女浴室的水管，墙洞留着一丝空隙。只要你敢把脸贴在滚烫的热水管上，就能看到好风景。

视野狭窄，水汽迷蒙，像一截印象派的画框。运气好的时候，女人刚好走进框里。那一小段的身体，足以让我们这些青春前期的小混蛋们心惊肉跳。朦胧的、摇曳的身体，瘦的、胖的身体，光滑的、抹着肥皂的身体，比“街头霸王”更勾魂，比《七龙珠》更诱人。我们瞪大了眼睛，半边脸都快烫焦了，还是舍不得移开。

没有网络和智能手机，也没有满大街的内衣和丰胸广告，我们的美术课本里只有蒙娜丽莎，没有断臂的维纳斯。《青春期教育读本》要两年后才发下来，听说也没啥看头。《新华字典》里倒是有张半裸体，是“身”字的注释。可惜是个男的，穿着裤头。不穿裤头的，就只有“骨”。我们想去录像厅，有人说，那里礼拜六晚上会放香港三级片，结果被老板无情地轰出来。我们只好跑去长途车站的候车室，假扮乘客，趁机瞥一眼“法制文学”之类的封面和标题。管报摊的老头凶巴巴地对我们说，要买就买，买不起滚蛋，瞎看看个卵？

自从发现了锅炉房的秘密，平时不爱洗澡的小混蛋们，一个个起劲地往浴室跑。并非每回都有收获，事实上，饱眼福的机会屈指可数。锅炉房锁门后，热水大概还够用十来分钟。去早了，锅炉工没下班，去晚了，热水没了，也就没人来洗澡了。

汤圆说，昨天那个膀大腰圆的女人，有点像车小匪的妈。车小匪气坏了，跟汤圆打了一架。我们总是这样，过剩的精力与荷尔蒙，让我们成了一头头愤怒的小公牛，一天到晚打打闹闹，停不下来。

那天，女浴室里只有一个人。热水浇在地砖上，发出空荡的回声。我看呆了。从未见过如此美好的身体，哪怕只是一截后背，雪白的、玉一样的后背。突然，眼睛被泼了热水，我啊一声，下意识往后闪。听见姐姐愤怒的声音——路小霸，是你在偷看对不对？

我魂飞魄散，我落荒而逃。我上气不接下气地跑回家，我妈揪着我的耳朵问，到底洗了澡没，怎么脸上还沾着煤灰？

那是我最惶恐、最煎熬的一段日子。只要姐姐说出去，我就立刻身败名裂了。我将从一个成绩尚可的小学生，变成人人嗤之以鼻的小流氓。我茶饭不思，精神恍惚，每天都等着警察叔叔来抓我。我想象自己被铐走的情形。警察叔叔说，你有权保持沉默。警察叔叔说，代表人民枪毙你。警察叔叔举起手枪，打出四个大字——请、看、下、集。我的冷汗流下来。

车小匪沮丧地说，知道不，那个墙洞被堵上了。

两天过去，三天过去……什么都没有发生。我不知道，姐姐是否原谅了我，是羞于告人，还是不屑跟一个小屁孩计较什么？惩罚却没有因此结束。我开始失眠，整夜整夜地睡不着，哪怕事情过去了好几个月。睁着眼睛到天亮，等待闹钟响起，再像个犯人一样，拖着沉重的脚步去上学。

我没再去毛子家，我没脸再见姐姐。很多年后，我才模糊地了解到，对女生来说，这样的遭遇意味着多少心理阴影。我在心里祈祷，姐姐，忘了那个可恨糊涂的小混蛋吧。

毛子说，姐姐后来考了上海的大学，毕业后去了纽约，从事金融方面的工作。她在那边谈了个男朋友，华裔，打算年底回国结婚。

那是二〇〇一年的事情了，九月的一天，我和毛子在上海重逢。毛子考上交大，我请他去复兴路上的 J-Club。三瓶喜力下肚，毛子梗着脖子说，你们那时候都喜欢我姐姐吧？我说，不然呢。毛子把酒瓶一拍，说，操，我就知道，你们这帮人没一个好东西！

彼时，是纽约的早晨，姐姐走进世贸中心 87 层的办公室。毛子听着爵士聊着天喝着酒，错过了来自曼哈顿的电话。等毛子再拨回去，怎么都打不通了。

一晃又过去很多年。那天看《西西里的美丽传说》，我突然哭到崩溃，泪水里，我想起了姐姐。在卢浮宫偶遇安格尔的《大宫女》，我伫立良久，想起了姐姐。路过愚园路，刚好是放学时间，一群穿白衬衫的女高中生，夹着课本，叽叽喳喳地走过。我想起了姐姐。

我追上你了，姐姐。却再也没有机会，走到你的面前，说一声，对不起。

我没有姐姐了。

少年下落不明

阿福推开酒杯，问，X 怎么没来？

几个人面面相觑。是啊，怎么忘了还有这么个人。感觉上，他已经消失很久了。

尤面筋小声说，X 好像是生病了。尤面筋在小镇医院当护士，她说曾见过 X 来检查，不知道是什么病，好像有点麻烦。后来 X 没再来小镇医院，尤面筋也就没见过他。

我想起一些往事。X 是我们年级的风云人物，当然，属于那种反面的典型。X 旷课、抽烟、打架，门门功课不及格。老师也不管他，让他一个人坐在最后一排。男生风传，X 是混江湖的，X 对此不置可否。那时候，江湖不是贬义词，江湖意味着义气、热血、轰轰烈烈的生活；也意味着台球厅、摩托车、后座上露大腿的女人。有一阵，每天放学后都有几个社会青年在校门口等 X，男的女的都有，他们歪在摩托车上，见面嬉笑一番，骂几句脏话。X 书包一甩，坐上摩托，绝尘而去。

初三没毕业，X 从校园消失了，听说他去了县城的“青龙帮”。起初几年，还能听到一些关于他的传言——如何一战打出名声；如何出面摆平一场械斗；如何跻身“青龙帮”四大金刚；如何搞了老大的女人，结果被打得死去活来；如何拖着一条伤腿，远走他乡。再后来，“青龙帮”被一网打尽，几个头目都判了刑。往后的日子里，渐渐没了 X 的音讯。

阿福说，王芋艿，你不是前两年跟 X 混过吗，你怎么会不知道？

王芋艿说，瞎讲八讲，我哪跟他混了，我也是碰巧在老街遇到X，他说自己刚从广东回来，他爹中风在床，没人照顾。

我想起那个中年人。粮机厂的劳动模范，小镇工人阶级力量的代表，唯一滔滔不绝的时候是在酒后。优点是只砸东西，不打人。每个月总有那么几次，酒馆伙计找到家里，X再去把他爹架回来。X那时比他爹矮一个头，像纤夫一样斜着身子，他爹的两条腿拖在后面，像一头被打倒的熊。

那后来呢？我问王芋艿。

王芋艿挠头皮，后来么，我只知道他有段时间在台资厂的电镀车间干活。后来，后来有一次，大概是两年前吧，王芋艿说，我约了张毛豆、阿福几个人一道吃老酒，我打电话给X，叫他一起来，你知道他说啥？

说啥？

他说，他现在工资也不高，花个三百五百见同学，不划算，不来了。你讲讲看，阿有这样说话的，王芋艿气鼓鼓地说，要么你就找个借口，出差啊，家里来亲戚啊，身体不舒服啊，怎么都行，要不要这样说的。

大实话嘛，我忍不住笑出来。

我对他讲，你不要在意那三五百了，我帮你出，你来就是。他说，操你妈，他在电话里要操我妈，然后就挂掉了。你说这个人，阿是，啊？王芋艿气不打一处来。

我拍拍王芋艿。

后来嘛，我们就不带他混了，都这么讲了，还混什么混，王芋艿说，不过，我老婆认识他老婆，她们或许还有联系，你要是想见X，我现在帮你问。

有件事王芋艿不知道。那是初二的一个下午，我踢完一场球，看见X一个人坐在看台上抽烟。过了一会儿，他的头深深埋了下去，肩膀剧烈地抽搐。我犹豫了一下，走到X身边。他抬起头，满脸的泪水。

他说，我娘不要我了。

我看见他用夹着烟的手捂着嘴，无声地颤抖。我伸出手，放在他的肩头。

小镇没多少秘密，我听我爹讲过，X的父母在闹离婚。我当时不知道的是，X想跟着他娘过，他娘拒绝了。

X抹了抹眼睛，对我笑笑说，你走吧，别让班主任看见你跟我在一起。

从那天起，我和X有了微妙的默契，有时眼神交汇，无声一笑。放学后，他让我抽他的烟，骑他的摩托，看他的《肉蒲团》。他向那帮朋友介绍，这是我兄弟。他把手搭在我背上，笑嘻嘻地说，人家读书好，跟我们不一样。

聚会的第二天，我接到一个女人的电话，女人说，喂，阿是路老师？我说是，你哪位？女人用普通话说，我是 X 的老婆。声音有点沙。我说，你好。女人说，我知道你，X 跟我说起过。我说，我们好多年没见了，X 在吗？女人犹豫了一下，说，他现在不方便跟你说话。我说，哦。女人沉默了一会儿，说，要不我们出来讲吧，我不想在电话里说这件事。

我们约在小镇一家名叫托斯卡纳的咖啡馆。大门口的招牌显示，除了咖啡，这里还供应意大利面、三明治和牛蛙饭，以及各类商务套餐。店里没几个人，大概是刚装修不久，一股甲醛的味道。她已经坐在那里了。我走过去，说，你好。她欠了欠身。我坐下。她是个消瘦的女人，皮肤偏黑，扎一个马尾巴，坐着看不出身高，但显然不太高。她看着我说，知道我为啥愿意出来见你吗？我说不知道。她说，昨天王芋艿老婆打电话来，说你在找 X，她顿了顿，刚好，昨天是他的断七。

我说，我猜到了，这是最坏的可能，你节哀。她说，你抽烟吗？我说不抽，她从包里掏出烟盒，点上一支，自顾自抽起来。抽了几口，女人摁掉烟头，说，你有空听吗？我说，我不赶时间，慢慢讲。女人说，我和他是在厂里认识的，我在喷漆车间，他在电镀车间，都是操作工。我说，台资厂，听说了。她说，厂里的工人，除了几个老头子，没什么本地人。本地人不愿干这个活。有一次，经理欺负我们几个外地小姑娘，他去找人家理论，三句两句把人家吓住了，乖乖给我们赔了礼道了歉。我这才知道，他是本地的，听说以前混过黑道，有点名气。我点点头。她接着说，你知道，来这里打工的小姑娘，有的很单纯，有的很实际，就想找个本地男人嫁。本地人嘛，多少有点积蓄，运气好点，碰上拆迁，四五套房子拿在手里，住一套，租出去几套，也不用上班了，日子不要太好过，阿是？我说，是的。她说，我就找机会跟他说话，时间一长么好上了，谁知道他家里那么穷，女人苦笑，钱都给他爸看病了，看么看不好。我第一次去他家里吃饭，吓了一跳，那个楼快倒了，走道里堆满垃圾，廊灯是坏的。他家里倒蛮干净，就是没一件新东西。我数了数，家用电器有一只电饭煲，一台收音机，和他爸床前的一个老式电视机。

我说，那你还嫁给他？

啊呀，后悔来不及了呀，女人的脸生动了一些，我想嘛，两个人都赚钱，熬一熬，日子总会好过起来。后来我们就结婚了，总共两桌人，都是亲戚，他的朋友、同学一个都没叫。来的人说，很多年没见过这么寒酸的婚礼了。

结婚第二年，我们有了宝宝，那天他喝了点酒，跟我说，不能让我和宝宝住在这种地方。我说那你搬呀，你有本事搬不？我没想到他是认真的。第二天，他去找他娘舅借钱，自己添一点，凑了个两室一厅的首付。接下来的一年多，他基本上天天加班，一边还债、还按揭，一边还得把新房子装修的钱赚出来。他说上个月加班加出个彩电，这个月再使把劲，能加出个空调来。我跟他讲，钱是赚不完的，我们现在简单装修下，能住就行，以后有钱了再弄。他说不行，不能留到以后。你大概也知道他的脾气的，就是倔，十头牛拉不回来。

住进新房子不到半年，他开始掉头发，睡觉的时候，肺像个风箱似的，呼哧呼哧，后来开始咳血。拉到医院一查，肿瘤，已经转移了。

我瞒住他，带他去上海的大医院治，医生很坦白地对我讲，治不好了，回去吧。我跪在医生面前，说，我只要我男人的命，你让他多活一天，我倾家荡产也愿意。后来他察觉到了，到那个地步，再迟钝的人也察觉到了，就坚决要求回家。我叫了个车，把他从长征医院直接拉回镇上，抬到家里。一路上他都昏睡着，后来他睁开眼睛，看了看，说不是这里，要回去。他娘舅说，囡啊，就是这里，这里就是你的家啊。他摇摇头，不说话，眼睛朝我看。我说知道了，我们走，就让人把他搬到那个破得不像样的老屋。他在那里咽了气。别人不知道他的心思，我知道，他怕死在新家里，我和宝宝以后没办法过日子。他就是这么个人。

今天出门前，我给他上了一炷香，我说，你看，还是有老同学记着你的。他就朝我笑。他以前不太笑的，现在天天朝我笑了。好了，事情就是这么个事情，还有什么要问的？

老混蛋

老混蛋坐在我家客厅，地板上搁着一箱蟹。老混蛋说，这是朋友硬给他拿的，家里还放了好几箱，让我们“帮忙吃掉点”。

吴地风俗，送蟹是“谢谢”的意思。

他从怀里掏出一个厚信封，递给我爸。我爸瞪着眼睛说，干吗?

老混蛋说，这里是五千，数一下，还有一万五再等一等。

我爸说，我们暂时不用钱，等你宽裕点再说。

老混蛋把钱塞过来，我爸推回去，又塞过来，再推回去。我爸抓住老混蛋的手腕，老混蛋叫了我爸的名字，厉声道，你要是不收，就是看不起我。

信封落进我爸的口袋，我爸苦笑，你跟我瞎客气啥。

我妈问老混蛋，最近身体还好吧?

老混蛋得意地说，上个月社区组织体检，报告拿到手，肝功能十二项指标，十一项超标，小护士吓都吓死了。老混蛋爆发出一阵放肆的笑声，我对她讲，小妹妹，你摸摸我的肌肉，像不像快要死掉的人。

我妈担忧地说，以后老酒不要吃了，肝都要硬成石头了。

随他个卵去，老混蛋说，吃到哪天算哪天。

老混蛋起身告辞。我妈翻出两箱桂圆核桃粉，说对肝脏有好处。我爸对我说，送送你水根叔，顺便从老街带半只爊鸭回来。

老混蛋连称不用送，我拎起核桃粉，先出了门。

老混蛋追上了我。他气咻咻地说，你爸这个人真是，我不说他了……对了，听你爸讲，你年底也快结婚了，阿是?

我说是。

老混蛋欣慰地点点头，你也年纪不小了，总算了结你爸一桩心事。又问，女方是哪里人？家里干啥的？聘礼有多少？

我说，××镇的，家里嘛就是普通职工，至于聘礼，我还没考虑过这个问题。

老混蛋痛心疾首，连连称我“吃亏了”——像你这样的条件，这样的学历，就该找个有钱人家的，阿是？唉，你爸事先也不问问我，我认识的董事长、政府里当官的不要太多……家里有七八套房子，钱多得花不完，结果么，女儿找的男朋友不称心……

少奋斗二十年，阿是？他总结道。

我说对对，水根叔你说的有道理，可惜我开窍晚了，如今木已成舟，么得办法。

他感慨了一阵，又问我学校的工资，你们大学教授，接接项目，出去讲讲课，日脚应该蛮好过，阿是?

我说惭愧，我一不是教授，二没有项目，三不出去讲课，混日子而已，所以，以我这样的条件，过过平常小日子就可以了。

老混蛋闷闷地走了一会儿，叹口气，你爸妈也是白培养你。

过了一顶小桥，就到了老街。老街破败了，明清时留下的老房子拆了一大半，剩下暂时没拆的，屋檐上长了半尺长的草，屋外头摆了马桶和痰盂，破碎的窗玻璃用塑料膜蒙一蒙，过一天算一天的样子。沿街的店铺大多关了门，依稀看出这家从前是卖糕点的，那家是卖剪刀的。接连经过几家寿材店，蓝底白字“殡仪一条龙”，花圈和寿衣重重叠叠，老人坐在门里，低头折锡箔，或是漠然地看着外面。一辆蓝色大卡车停在路边，卖赣南橙。

拐进一个陈旧的大杂院，大门口还挂着“××五金加工厂”的木牌，字迹斑驳，是遥远的事。右手边有一个三层筒子楼，墙面烟熏火燎，经历过火灾的样子。有的地方石灰掉了，露出块块红砖。老混蛋的家在二楼。

老混蛋说，上去坐一歇？

我说好。

上二楼，迎面走来两个穿皮裤子的女人，脸上涂着厚厚的粉，看不清年龄。错身经过时，老混蛋像不小心蹭到了后面的女人。

德性。女人头也不回地说。

进门是一个小客厅兼厨房，方桌上还剩着小半碟烤麸和几粒花生米，桌角立着几个空的黄酒瓶，没看到蟹。往里走是卧室，公用厕所在走道的另一边。我从小熟悉这里。

这间房子是老混蛋的骄傲。他十九岁顶替老爹进热水瓶厂，五年拿了四个先进，戴大红花去县里参加劳模大会，回来就当上了厂里的团支部书记。八十年代热水瓶厂分房，他硬是从老职工们手里抢下这间十几平的筒子楼，又凭这间房追到了厂花，风风光光办了婚礼。

婚礼就摆在热水瓶厂的食堂。一起长大的光屁股兄弟里，水根是最早结婚的一个，其他几个人，我爸刚从师范回来，在中学当老师，眼镜即将去北京念研究生，红喜进了国二厂，阿小在供销社当采购员。那一天，小伙伴们全来了，热闹得不得了。

老混蛋给我泡了一杯茶，自己点上一支烟。烟雾袅袅，老混蛋问，米兰克阿晓得？

我说，哪个不晓得，蕓溪镇第一家中日合资企业，做衣服的，好多大领导来视察过。

老混蛋说，那年我要去米兰克，热水瓶厂先是不准我辞职，后来又派人来收回这套房子。我房门大开，赤个膊，在厨房间登登切肉。他们在外面叫我，我刀拿在手里，对他们笑笑，说，你，你，进来说话。

结果呢？我问。

一帮缩卵。老混蛋哈哈大笑。

我想起一些往事。米兰克开业那天，蕓溪镇中心小学全校停课，我和同学们穿上白衬衫和白球鞋，捧着家里拿来的塑料花，在食堂集中。听说有外宾要来，大家都很兴奋。

校长举着小喇叭，指挥大家排练。校长说，外宾来的时候，要大声喊“欢迎欢迎，热烈欢迎”，外宾走的时候，要喊“欢送欢送，热烈欢送”，听懂了吗？一起来一遍，全体都有，听我的口令，一二三——

二十几遍后，我们整装出发了，队伍浩浩荡荡地横穿了镇中心，来到一片新落成的厂区门口。我们在马路两边排成了几百米的长队，翘首盼望外宾的到来。

一个小时过去，又一个小时过去。午后的太阳晒得人昏昏欲睡。校长一路狂奔，说来了来了，看我的手势，全体都有，预备起——

外宾果然慷慨，事后送了每个到场的孩子一罐可乐。这是我们第一次喝到这种甜甜的、带气泡的液体。大家不停地打嗝，咯咯咯笑个不停。有个农村同学因病错过了这场盛宴，后来他一个劲地问我们，可乐是啥滋味？比橘子水还好喝吗？

进米兰克后，老混蛋给自己起了个日文名字，叫松井一郎。松井的出处是《平原游击队》里的松井大队长，“悄悄地进村，打枪的不要”那个。有人骂老混蛋是汉奸、走狗，他听到了，冲上去就打。

凭本事吃饭，赚日本人的钱，这也算汉奸？老混蛋气呼呼地说。

最风光的那几年，他从操作工升到线长，又升到工段长，工资涨了好几级，人称“拿摩温”。日本人对他竖起大拇指，用生硬的汉语夸奖他，松井君，好样的。

他曾送我一件夹克衫，是小镇人没见过的面料，据说在日本的商场卖到几万日元，相当于我爸妈大半年的工资。老混蛋眉飞色舞，他是怎样趁着日本主管不在，托人从次品仓库里顺出一件，又怎样神不知鬼不觉地拿到流水线上改。跟正品一式一样，一点都看不出来，老混蛋得意地说。

米兰克之后，合资企业在江南的小镇落地生根，“外宾”也就见怪不怪，谁没见过几个“东洋矮子”“台巴子”呢？米兰克的辉煌持续了数十年，随着市场饱和，用工成本增加，加上土地、税务等一系列优惠政策到期，日本人决定撤资了。

我有个小学女同学，后来嫁给了米兰克董事会一个老头，随他漂洋过海去了大阪。当年她挥舞着塑料花，站在夹道欢迎的人群中，眺望过未来的夫君。

老混蛋失业了。热水瓶厂是回不去了，别的企业要么在下岗裁员，要么只招年轻人。他只好见机行事地做一点小生意。据我所知，老混蛋卖过水果和奶茶，贩过三七和虫草，开过饭馆和舞厅，无一例外地惨淡收场。有一回，他搞来十几台旧电脑，开了小镇第一家网吧。网吧生意红火，引来了众多实力雄厚的竞争者。他迅速地落败，撑了几个月，不得不关门走人。当然，也有好消息，比方热水瓶厂倒闭，老混蛋通了路子，花了两万块钱，把那间筒子楼买了下来，算是有了不动产。

他酒喝得越来越凶，经常人事不省地被抬回家。在此之前，要么大放厥词，攻击大好形势，要么站在马路中央引吭高歌。

“老混蛋”的名号，就是那时候叫出来的。

妻子要跟他离婚，几次带女儿住回娘家，每一回他都觍着脸，低声下气，好话说尽，把人接回来。最后一次，他站在岳父家楼下，人造革包里装一把菜刀。他等了一天一夜，直到认识的人过来跟他讲，你回去吧，人家早就爬窗子走了。

女儿判给了妻子，他因此大醉了几天。有个清洁工发现他一大早醉倒在路边，街道办找到我爸，我爸把他背了回去。

镇上人都知道，他未必是个好丈夫，却是个十足的好爸爸。他双亲去世早，女儿是自己一手带大的。当年没有尿不湿，他一个大男人坐在院子里，给女儿洗尿布。女儿念书了，他负责接送。刮风下雨天，他套着大雨衣，卖力地蹬车，雨衣下露出女儿的一双小脚。他女儿在小学堂很有名，人人都知道她有个在合资企业上班的有钱爸爸。在一毛五一根橘子棒冰的年代，她的零花钱总是最多的，衣服和铅笔盒总是最时兴的。

离婚后，老混蛋有几次拎着炒菜的那种黄酒来我家，我爸拗不过他，就陪他一起喝。一瓶半后，老混蛋开始高声咒骂女人，继而失声痛哭。

前年他女儿结婚，老混蛋来我家借钱，说前妻不让他参加婚礼，他不管，他要去，这是他的女儿，他不去谁去。不仅要去，还要给女儿包一个大大的红包。我爸一声不响，拿出两万给他。那时他已经成了“脱底棺材”，低保全换了老酒，这里混混，那里荡荡，老酒吃吃，牛皮吹吹。喝高兴了，掰指头算离六十岁还有几年，到那时，每个月可以拿到两千五百块的退休金。

时候不早了，我起身告辞。老混蛋像想起了什么，说，别急，你先坐会，我去去就来。

一支烟的工夫，他拎着一整只爊鸭走进来，对我说，拿回去。

我说，啊呀水根叔，这我怎么好意思。

他不耐烦地摆摆手，废话少说，赶紧走。

后来的事

我迟迟不愿写下这结局。人在年少时，喜欢眺望远方。少年会长久地凝视飞机、铁轨、轮船……任何能把自己带到远方的东西。那时我们一无所有，无数条路径通往未来。我说过，当你在梦中，就不会记得后来的事情。而一旦落笔，无限的可能性就坍塌了。

我读研究生时认识了阿枣，来自另一个江南小镇的姑娘。我们的家乡相去不远，有一样的河道和街巷，巷子尽头是一样凋敝的国营大工厂。最大的区别在于：她家离杭州近一些，面汤里加咸菜；我家离苏州近一些，面汤里加酱油。她的专业是外语，我学物理。物理和外语，在我看来，都是某种形式的远方。毕业后，我俩都在上海工作，后来就结了婚。如果说本书有虚构的成分，那就是，我刻意地把我和阿枣的童年写在一起，好像他们很早就认识一样。

结婚前，我去阿枣的老家住了几天，算提前拜见岳父母。从一个小镇到另一个小镇，如今得绕道上海，公交换地铁，地铁换高铁，再换公交，放在古代，一条船的事。黄昏时，我和阿枣并肩走过临河的石板路，看一个接一个的窗口亮起来。阿枣说，小时候，天天上学走这条路，有人家里娶亲，放鞭炮，我也去看热闹。过了几天，新娘子出来了，一身家常衣服，抹一点胭脂，下到河边码头淘米。我就想，不知道自己以后嫁个啥样的人呢。

回小镇办婚礼，我爸上台致辞。他穿一套生硬的西装，胸口插花，头发上粘着彩色飘带，裤袋里折着精心修改过的发言稿，语文老师嘛。话筒的质量显然不太好，也没什么人在听。大家忙着发烟，寒暄，哄孩子，吃菜，端着酒杯走来走去，见到熟人站起来拍肩膀，亲热地骂脏话。小镇的婚礼就是这样，没人会关心致辞和文艺演出。他们在意烟是黄山还是软中华，酒是五粮液还是梦之蓝，有没有龙虾，澳洲的那种，以及新娘子好不好看。当然，红包不会少。我爸站在台上，面对这闹哄哄的现场，像个孤独的脱口秀演员。

奶奶家的院子拆了，换来一套三居室和拆迁款若干。奶奶挺满意。没什么不满意的，老了老了，还能为小辈们创造福利。搬迁那天，气温骤降至零度。奶奶坐上车，一路念叨，她怕爷爷不认识新家。可惜了那棵柿子树，年年秋天结两百个柿子，折价三十元。迁树的工人说，地太冻了，这树不容易活。

我在一个酒局见到了王希望，他在隔壁包房。这是镇上最新最高档的饭店，水缸里爬行着生猛海鲜。王希望的那桌上，有市领导的秘书，有私立医院的副院长，还有几个开厂办公司的老同学，都是头面人物。有人告诉我，王希望已经做到医药公司的高级代表，名片上印着大中华区总监的名号。快散场时，我出来抽烟，迎面撞上了王希望。那一刻他认出了我，瞳孔剧烈地收缩了一下，张开嘴，刚想说什么，就被一个端着酒杯的人架进去了。

又一次同学聚会。酒过三巡，男生们借着酒劲，这个总那个总勾肩搭背，争论酒量和感情的关系；女生的话题则围绕着美容针、香港保险和国际学校。“啊呀你又好看了”，“才没有，你看都胖了”。初中毕业时，我们十六七岁，花季雨季的年龄，转眼又过去十六七年。王芋艿接手了老爹的工厂，张毛豆在政府当差，阿福是合资厂的会计，小顺开超市，阿胡子开饭店，黄潇潇当上跨国企业高管，咸菜瓶成了一名幼儿园教师，桂英进电视台，霉干菜的生意做到了东南亚。就像我们毕业那年，《新华字典》对“前途”一词的例句——“张华考上了北京大学化学系，李萍进了中等技术学校，我在百货公司当售货员：我们都有光明的前途。”

还有没来的。黄潇潇跟我打听车小匪的消息，我说不清楚，很久没见了。小德也一样，音信渺茫，谁都联系不上他，也没见他回过小镇。小顺问，老木头怎么没来。桂英说，邀请电话打过去了，老木头说，最近血压有点高，就不过来了，谢谢关心，让同学们吃好喝好。

二〇一四年的最后一天，我和朋友们在外滩跨年。快到12点时，发生了踩踏事故。我们被冲散了，人潮仍一波波地涌来。我被裹挟着，跌跌撞撞，随波逐流。尖叫、哭喊声此起彼伏，撞击我的鼓膜。混乱中，十多米外，一张熟悉的侧脸闪过。多年不见，我仍一眼认出了那个人。我奋力向他游去，无数只手阻止了我，我大声喊，小德，小德。他好像听见了，转身看过来。他转身的动作在混乱的背景中显得镇定自若，像一只水鸟。我脚下绊了一下，差点摔倒在地。等我再抬起头，小德不见了。

巨大的烟花腾空而起，照亮密密麻麻的人头。耳边响起“五、四、三、二、一”的倒计时，零星潦草的欢呼声。远处，警灯闪烁，救护车嘶鸣。人群开始退潮。

我一路喊着小德的名字，突然想起很多年前，我和阿福并肩站在夏驾河边，曾这样叫过他的魂灵。

我意识到，或许再也见不到小德了。我们各自离开了小镇。像两滴水，在大海里不再相逢。

跋　种子的归来

我考了上海的高中，又读了上海的大学，我的身份证打头是 310。对一个知青子女来说，基本算完成任务。我妈满意地说，一桩心事放下了。

接下来，她要为自己奔忙。

我出生的小镇，八十年代初，总人口不过一两万，却因毗邻上海，来了一千多“上海人”。说是上海人，实际来自苏北、安徽、江西、云南、黑龙江军垦农场、四川三线企业、新疆生产建设兵团……都是少小离家，辗转落脚于此。他们烧上海菜，讲上海话，看上海教育电视台的新闻，寄希望于子女，有一天替他们回到上海。

我和我的小伙伴们，放学回家后，还要学英语、学乐器、练习上海话发音。说不清是骄傲还是无奈，我们很早就明白，自己是一条河，终归要流到海里去的。

汤圆跟一个镇上的女孩谈恋爱。对方家长得知，来学校大闹一场。初中生早恋并不是一件稀奇事，很少见家长摆出如此激烈的架势。控诉声中，听到一句，“他们上海小囡以后都要走的”。

对门二楼住着放射科的王医生。他儿子大我两岁，我叫他小春哥。王医生会拉小提琴，小春哥从小也跟着练琴。每次我走过他家窗下，总听见咿咿呀呀的琴声，偶尔还有王医生的训斥。小春哥考取普陀区的重点中学，迁户口时遇到麻烦。上海的亲戚纷纷推说房子太小，住不下。王医生赔笑脸、说好话，直到拍桌子翻脸，同亲戚们决裂。小春哥痛哭一场，放弃入学资格，继续在小镇的高中就读。有时我半夜醒来，他书房的灯还亮着。像一颗孤独的星，嵌在小镇寂寥的夜里。

三年后，小春哥考上同济，王医生扬眉吐气了一把。说是“考回上海”，上海已经没有亲戚。宿舍以外，找不到可以落脚的地方。

汤圆寄居在虹口区的伯伯家里，四口人，挤二十来个平方。伯伯跟他商量，你看，我们平时也挺照顾你的，周末让阿拉搓搓麻将好吧，阿拉就这点爱好。汤圆点点头，说好的。伯母有些不好意思，塞过两张十块钱，让汤圆中午“去外头买点好吃的”。此后的每一个周六周日，直到高考，他都是夹着两本书，在家附近的肯德基度过。

相比之下，我是幸运的。外公外婆、两个舅舅、舅妈都挖心挖肺地对我好。外公外婆把最好的房间留给我，自己睡没有窗的后厢房。外婆变着法儿给我做好吃的，只要我在家，就不准外公看电视听广播。外公没办法，骑车去虬江路，买来一副老年人专用耳机。

曾经，在这间屋子里，他们等待女儿的归来。女儿十六岁离家，出走半世，归来的是一个少年。

我妈退休那年，把她的户口迁回了上海。说来可笑，以“投靠在沪子女”的名义。当年她拼了命把我送回去，像抛出一只锚，如今得靠这只锚把自己拉上来。为此，她来回跑了大半年，两地的居委会、派出所、街道办、户籍办、档案馆……像一只恭顺的皮球，从一个窗口被踢向另一个窗口——领号，排队，谦卑地笑，同志你好……不是缺这个材料，就是那个格式不达标。她终于发了怒，拍着桌子，泪水滚滚而出。不办了。不回上海还不行。户籍办的小姑娘手足无措地看着她。三十九年前，她捏着从学校领来的《上山下乡通知书》，跑到派出所迁户口，一个章戳下去，一秒钟不到。回到家，太外婆问，户口迁出去啦？我妈说，嗯。太外婆问，什么时候走？我妈说，下个月。太外婆的眼泪掉下来。我妈慌了，外婆你别哭，我很快就回来了。

我没见过这位太外婆，我只在我妈的讲述中一遍遍想象她的模样。在我出生前一年，太外婆就去世了。

小镇的一千多“上海人”，一大半回到上海。他们办齐各种手续，又倾毕生积蓄，甚至背一屁股债，买一间郊区的小房子。千辛万苦，像洄游的鱼。小镇人笑他们想不穿，何必呢，一把年纪，被当作外地人。上海有啥好？从前的南京路、淮海路，是有别处见不着的好东西。现在都网购了，一键下单，哪都一样。为啥还要回去？

他们在十六七岁的年龄离开家，家变成一块琥珀，被层层时间包裹。像刻舟求剑的旅人，他们一辈子记着那时的上海。别人觉得，这帮人心心念念的，是回大城市。在他们心底，更深的念头，是找回那段丢失的岁月，和岁月里的人。上海驶远了。故人已逝，年华将老，注定徒劳。

前些年，小镇建了一个物流中心。各地发往上海的货物，被卸下卡车，检验，打包，再装车。人也是这样。有人顺利通关，有人被卡在这小镇上，一等就是几十年。

大学毕业后，小春哥远走异国。一年回上海一次，待两三天，住酒店。我问他，小提琴还拉不？他愣了一下，说，早忘了。

汤圆回到小镇，开了自己的公司，生意做得不错。前些年我参加他的婚礼，新娘子有点眼熟。黄潇潇对我的记忆力表示不屑，“不就是从前那个嘛”。

我在上海工作，在上海生活，渐渐地，对这座城市生出亲近和依赖。我不是生来就是上海人，也谈不上有多期望。说到底，是因为一些人，因为他们的包容和温暖，让我愿意成为他们中的一个。

那天收快递，瞥见包装盒上“菉溪镇分拣中心”的字样。我笑一笑。有一点亲切，也有些许的感伤，像收到一封来自过去的家书。

图书在版编目（CIP）数据

出小镇记／路明著．—南京：译林出版社，
2020.6（2022.5重印）
ISBN 978-7-5447-8189-3

Ⅰ.①出… Ⅱ.①路… Ⅲ.①散文集－中国－当代
Ⅳ.①I267

中国版本图书馆 CIP 数据核字（2020）第 046731 号

上海文化发展基金会资助项目

出小镇记 路 明／著

责任编辑 管小榕
装帧设计 山川制本
校　　对 戴小娥
责任印制 颜　亮

出版发行 译林出版社
地　　址 南京市湖南路 1 号 A 楼
邮　　箱 yilin@yilin.com
网　　址 www.yilin.com
市场热线 025-86633278
排　　版 南京展望文化发展有限公司
印　　刷 苏州市越洋印刷有限公司
开　　本 787 毫米 ×1092 毫米 1/32
印　　张 9.5
插　　页 2
版　　次 2020 年 6 月第 1 版
印　　次 2022 年 5 月第 2 次印刷
书　　号 ISBN 978-7-5447-8189-3
定　　价 45.00 元